姉のことが好きな筆頭魔術師様に身代わりで嫁いだら、なぜか私が溺愛されました!?

～無能令嬢は国一番の結界魔術師に開花する～

著 櫻田りん　イラスト 高岡れん

CONTENTS

第一章　未来の夫は私じゃなくて姉が好き

「初めましてテティス。俺の名前はノア・サヴォイド。君がこの屋敷に来てくれる日を、今か今かと待っていたよ。ああ、君が俺の婚約者だなんて、まるで夢みたいだ」

「えっ」

（こ、これはどういうこと……⁉　ノア様って、お姉様のことが好きなんじゃ⁉）

サヴォイド邸に到着した瞬間、屋敷の外で出迎えてくれたノアから、まるで喜びの花が飛んでいるように見えたのは、一体どうしてだろう。

テティスはしばらく、開いた口が塞がらなかった。

◇◇◇

「テティス、よく聞きなさい。無能なお前には勿体ない高貴なお方――ここアノルト王国の筆頭魔術師であられる方から、縁談が来ている」

「そんな方から、私に縁談ですか……！！？」

執務室で言い放った父の声色は、普段テティスに向けられるものよりも幾分か機嫌が良い。

テティスは言われ慣れた『無能』という単語には一切反応を示さず、中々に信じ難い状況に口をあんぐりと開けると、扉が開いた。

「お父様、そんな言い方をしたらそこの無能が期待して調子に乗っちゃうじゃない。可哀想よ」

「ああ、ヒルダ。確かにそうだな、きちんと説明しなければ」

ワインレッドの厳かなドレスに身を包んで登場したのは、テティスの姉のヒルダだ。

「今日も美しいな」と零す父の声色は明らかに高く、『結界魔術師』であるヒルダのことが可愛いと見える。

結界魔術師とは、現時点でアノルト王国で三人しか居ない特殊な魔術師のことだ。

一般的な魔術師は火や風などの攻撃魔法しか使えないが、ヒルダを含む結界魔術師は、文字通り結界を張ることが出来る。魔物との戦闘の時はもちろん、魔物の住処に近い集落などに結界を張ることで民を守ることが出来る、貴重な人材だった。

「せっかくだからテティス、何も知らずに嫁いじゃ可哀想だから、私から真実を教えてあげるわね？」

「真実……？　お姉様、それは一体どういう」

嘲笑うヒルダに、テティスは訝しげな表情を浮かべた。

「筆頭魔術師様――ノア様が、私と同じ魔術省に勤めていらっしゃることくらいは、あんたでも知っているでしょう？」

「はい」

筆頭魔術師とは、全魔術師の中で最も能力が高く、国に貢献した者に与えられる、国で唯一の称号だ。

　ここアノルト王国では結界魔術師が貴重とされるが、筆頭魔術師はその比ではなかった。

「まあ、これくらいは知ってるわよね。あんた、無能のくせに昔から魔術師——それも結界魔術師になるのが夢だなんてほざいてて、魔術師のことや魔術省については詳しいものね」

「…………っ」

　ぐっと、拳に力が入る。明らかにヒルダに馬鹿にされているが、大きく間違ったところがないことから、テティスは言い返すことが出来なかった。

「ま、良いわそんなこと。……で、私は有能な結界魔術師として、ノア様は歴代でも最強と言われる筆頭魔術師として、共に仕事をすることが多かったわけなんだけどね、最近気付いてしまったのよ」

（気付く……？　何に……？）

　機嫌が良さそうにお尻をふりふりしながら、ドレスをパタパタと揺らすヒルダ。

　対してテティスはヒルダの言葉を待ちながら、何度着たか覚えのない地味な菫色のドレスをぎゅっと掴んで、姉の言葉を待った。

「ノア様って、物凄く見ているのよね、私のこと」

「…………！」

「結界魔術師としての才能にも満ち溢れていて、尚且つ美しい容姿の私に目を奪われることは珍しいことじゃないけれど、あの目はそれだけじゃないわ。……ここまで言えば無能のあんたでも分かるでしょう？」

姉のヒルダが何を言わんとしているのか、テティスには手に取るように分かった。

（……それって、つまり）

ただそれを自ら口にしなかったのは、あまりにも自分が惨めに思えたからだった。

小さく唇を震わせるテティスを見ながら、ヒルダの真っ赤な口紅を引いた唇が陽気にぷるんっと弾けた。

「ほら、だけど私には第二王子殿下っていう素敵な婚約者が居るじゃない？　可哀想だけれど、ノア様の思いには応えてあげられないってわけ」

ふふ、とヒルダは愉快そうに吐息を漏らす。そして、至極恍惚な笑みを浮かべて、言葉を続けた。

「だからテティス。私のことが好きなノア様の下へ嫁いで、せいぜい慰めてあげなさいな。……少しでも私の面影を感じていたくて、妹のあんたに婚約を申し込んだ、可哀想で健気なノア様を、ね」

そう言って、ヒルダはテティスを哀れなものを見るような目で見つめてから、ドレスを翻して部屋から出て行った。

（まさか、こんなことになるなんて……）

まだ現実を受け入れられない中、父が婚約について話すのを適当に相槌を打って、テティスはその場をどうにかやり過ごした。

第二章　姉妹の違い

テティスが生まれたアルデンツィ伯爵家は、希少な結界魔術師を過去にも輩出したことがある、名門の家系だった。

結界魔術師には、なろうと思ってなれるものではない。所謂、遺伝的な要素が大きかった。

歴代の結界魔術師も、アルデンツィ家と、その他二つの結界魔術師を輩出した家から生まれている。


——そして、およそ十年前のこと。


『やったぞ！　ヒルダに結界魔術師の素質があった！』

ヒルダが八歳の頃、神殿の魔力判定で、ヒルダには結界魔術師の素質があることが分かった。

アルデンツィ家ではテティスの曾祖母以来の快挙であった。

結界魔術師は貴重で希少なため、魔術省に入れば破格の報酬が手に入る。両親は伯爵家がより栄えるだろうと歓喜した。

しかし一方で、ヒルダの一年後に生まれたテティスは、才能に恵まれなかった。

『この子は、魔力がほんの少ししかないのね……こんなの、魔力判定するまでもないわ』

魔力量のみを判定が出来るブレスレットを、当時赤子だったテティスにつけた彼女の母親は、ブレスレットから光るあまりにも淡い光に、残念そうにポツリと呟く。

歴代の結界魔術師は皆、膨大な魔力を持っていたのだ。もちろんヒルダも、曾祖母もである。彼女たちにブレスレットをつければ、その魔力量の多さからブレスレットは眩いほどに光り輝いた。

そして、魔力量は生まれた瞬間から決まっており、それは何をしても変化しないというのが一般的な考え方だった。

つまり、生まれ持った魔力が極微量のテティスには、魔術師になる素質はないだろう。そう判断した両親は、神殿の魔力判定にはそれなりのお金がかかることもあって、テティスには魔力判定を受けさせなかったのだった。

「……ハァ。気が重い！　き、が、お、も、い、わ！　いくらなんでもお姉様のことを好きだと分かっている人に嫁ぐなんて、私の前世は何をやらかしたんだろう……」

父から解放されたテティスは、一目散に自室のベッドに体を抛《なげう》つ。菫色の長い髪が、壊れかけのベッドの上にバサリと広がった。

右手首にある魔力量判定ブレスレットから放たれる、暗闇でなければ分からないくらいの淡い光を見ながら、テティスはそうぼやかずにはいられなかった。

◇◇◇

婚約の細かい話については、テティスの居ないところで既に決まっていたらしい。

三日後にノアの下へ嫁ぐことになっており、その時の迎えはあちらが準備してくれ、輿入れする際の持参金も一切不要とのことだった。

テティスに余計な金を使わずに済んだことに喜ぶ父に、身の回りのものを支度しておけと命じられたテティスは、「やらなきゃ……」と呟く。そして少し動くだけでキシキシと動くベッドから起き上がった。

ヒビが入ったドレッサーの前に腰を下ろしたテティスは、何度目かのため息を漏らす。

無能な者に壊れた家具を新調するお金なんてないと言われたのは、一体いつだっただろう。かなり昔のことで、もうはっきりとは覚えていない。

備え付けのシャンデリアがチカチカと点滅していることは気になるが、もう三日後には出ていくのだからこのままで良いかと自己完結をした。

「……ノア・サヴォイド様か……」

ノアはアノルト王国で最強と言われる筆頭魔術師であり、十八歳の若さで公爵の爵位も持っている、まさに雲の上の上の上の存在である。

普通ならば、大した実績もなく、容姿端麗でもない一介の伯爵令嬢が婚約できるような相手ではなかった。

「も〜〜お姉様のことを好きでも良いけれど、私と婚約するとか、そんなの困るわ……。確かに顔つきは似ているけれど、お姉様は華やかな顔立ちで、私はかなり地味な顔立ちだから、姉妹とはいえそっくりなんてことはないのに……」

結界魔術師以前に、一般の魔術師の半人前にもなれないほどの、ちっぽけな魔力のテティス。

アルデンツィ伯爵家の花であり、光でもあるヒルダとの待遇とは天と地の差があった。家ではほぼ空気扱いで、たまに家族から言葉を投げかけられたら皮肉や悪意のあるものばかりだ。

何をやっても、どう努力しても魔力は増えることはなく、突然結界が張れるようになった、なんて奇跡も起こらなかった。

それならばと寝る間を惜しんで勉強を頑張り結果を出しても、両親の態度が変わることはなく、『無能』という単語が必ずついて回ってきた。

「ノア様は、もしかして妹だから、私のことも優秀だと思ってるとか？　いや……さすがに最低限の社交場には出てるから、私がお姉様とは違って魔術師の才能がないことは分かってるわよね……」

だとしたら、やはり見た目だろうか。テティスはヒビが入っていない部分の鏡を食い入るように見つめる。

「やっぱりお姉様とはあんまり似てない……今更だけど」

ヒルダは、美しいプラチナブロンドの艶やかな髪に、大きなヘーゼルブラウンの瞳をした、くっきりとした顔つきの美人で、人の目を引いた。

対してテティスは、暗い菫色のロングヘアーを腰まで伸ばし、サイドの髪の毛の一部を三つ編みにして、リボンを巻いた髪型をしている。

瞳はヒルダと同じヘーゼルブラウンで、姉妹というだけあってパーツは多少似ている部分はあるものの、ヒルダのような華はなく、どこにでも居る地味な女の子だった。

「直接会ったことはないけれど、姉妹なら顔くらい似ているだろうっていう考えかしら？　それとも、能力や顔じゃなくて、私と婚約することでお姉様と家族ぐるみのお付き合いが出来ると思ったとか……？」

もしくは、義弟になるとしても、少しでもヒルダの特別になりたかったのか。

「分からなーーい‼　……よし、不毛な想像はやめましょう……」

何にせよ、テティスがノアの下へ嫁ぐことは決定事項だ。これが揺らがない限り、悩んだって大きな違いはないだろう。

ただ、ノアがヒルダのことを好きだということは、事前に知れて良かったのかもしれない。

ノアほどの人に見初められた、と胸躍らずに済んだだけ、マシだった。これがもし、ノアに気を許してから知ったとなれば、テティスは酷く傷付くことになっていただろうから。

「お姉様は私を傷付けるために事前に教えてくれたんだろうけど、むしろ良かったわ。感謝しないとね」

テティスは立ち上がると、クローゼットの中にある着古したドレスをポイポイとベッドへと放った。

大きめのトランクを用意すると、比較的お洒落なものを詰め込んでいく。その他にも下着、寝巻き。本や、使い慣れた羽ペンなどの細々したものも。

さっさと準備を済ませてしまおうとテティスは手を動かすと、はたと嫁いでからの生活を想像して、不安が脳内を支配した。

「公爵様は、私にどんな感じで接するんだろう」

ノアが筆頭魔術師で公爵であることは知っているが、彼の性格に関しては、テティスは一切知らなかった。

ヒルダの口からノアのことを聞いたのは今日が初めてだったし、社交場でもヒルダの無能な妹として浮いた存在のテティスには、仲の良い友人は居なかったから。

「実物を見たらあまりの違いに落胆してショックを受ける？　いや……『やっぱり本物じゃないと嫌だ！』って激怒されて、それから気まずくなって……死ぬまで仮面夫婦を演じることになるとか⁉」

ノアから言い出した婚約なので、内心どうであれそれなりに大事にしてくれる可能性もなくはないが、テティスは今までの人生で大切にされてきたことがなかったので、その考えはほとんどなかった。

「どうしよう……！　これは思ってたより大問題じゃ⁉」

やはりテティスとの結婚は無理だということで、直ぐに婚約破棄をしてくれるというならば、まだマシだった。

家には勘当されるのだろうが別にそれは構わなかったし、晴れて自由の身になって平民として暮らせば良いのだから。

だが、一生公爵家に縛られてなお、空気として扱われたり、悪口を言われたりするのは、いくらテティスでも勘弁願いたかった。

結界魔術師の名門の家系で落ちこぼれとして生まれ、肩身の狭い思いをして暮らしてきたテティスであっても、これからの人生を共にするならば、相思相愛とはいかずとも、友好関係は築きたかったのだ。

「……とはいえ、これも悩んでも仕方がないわよね。出来るだけ公爵様の機嫌を損ねないようにとだけ気を付けて、と。……ま、それに、悪いことばかりではないしね！　もし雑談が許される関係性になれれば、魔術省での魔力の増加研究についての話を聞けるかもしれないし！　きっと筆頭魔術師様なら、色んな情報が入ってきているはず！」

というのも、全てはテティスの昔からの夢が関係していた。

テティスは淡くしか光らないブレスレットを見るたびに傷付きつつも、未だに結界魔術師になる夢を捨てきれないでいた。

そのためにはまず少ない魔力を増やさなければならないのだが、一般的には魔力量は生まれ持ったもので増えないとされているので、そこがネックだったのだ。

だが、ここ数年、魔力量が後天的に増加する者が度々現れ始めたのである。

魔術省に勤めていないテティスにその詳細を知る由もなく、ヒルダに聞いても知らないの一点張りだった。

（お姉様の場合は本当に知らないのか、意地悪で教えてくれないのか分からないけれど、これだけはどうにかお聞きしたい……！）

仮面夫婦になればそんなことを聞く以前の問題なので、この望みはノアの態度によるのだが。

「とにかく！　出来るだけ嫌われないように努力すること！　もしも仲良くなれたら、研究について聞いてみる！　よし！　考えがまとまったわ！」

と言いつつも、研究について気軽に聞けるような関係性になれるだなんて、高くて一パーセント程度だろうと、テティスはそう思っていたというのに。

◇◇◇

「初めましてテティス。俺の名前はノア・サヴォイド。君がこの屋敷に来てくれる日を、今か今かと待っていたよ。ああ、君が俺の婚約者だなんて、まるで夢みたいだ」

「えっ」

（こ、これはどういうこと……？）

三日後のサヴォイド邸に到着した瞬間、屋敷の外で出迎えてくれたノアから、まるで喜びの花が飛んでいるように見えたのは、一体どうしてだろう。

第三章　冷遇されるかと思いきや……？

話は少し遡る。

それはテティスがノアの下へ輿入れする当日の、出発直前のことだった。

二台の馬車が目の前に止まり、テティスは大きく目を見開く。

「わ、わあ～なんて立派な馬車なんでしょう……！　さすが公爵家が用意してくれた馬車……！」

事前に連絡が来ていた馬車の到着時間になったので、正門の前で待っていたテティスだったが、現れた立派な馬車に驚いて、つい後退りしてしまう。

馬車の外観はもとより、馬の毛並みもよく、馭者《ぎょしゃ》の身なりも整っていることから、おそらく公爵家お抱えの者なのだろう。

（まさか私にこのような待遇をしてくださるなんて、公爵様はとってもなく良い人なのでは？　もしくは何か裏があるのかしら……。うーん）

テティスがそんなふうに頭を悩ませていると、後方の馬車の扉がゆっくりと開く。現れた赤髪の青年は、ゆっくりと頭を下げると、紳士の挨拶をした。

「テティス・アルデンツィ伯爵令嬢様、お迎えに上がりました。私は侯爵家嫡男、リュダン・ライトリーと申します。サヴォイド公爵閣下の側近をしております。以後、お見知りおきを」

「は、初めまして、ライトリー侯爵令息様。私はテティス・アルデンツィと申します。馬車の手配をありがとうございます。こちらこそ、よろしくお願いいたします」

「よろしくお願いいたします。それと、リュダンで結構ですよ」

「では、私もテティス、と。話し方も楽にしてくださって構いませんので」

テティスも丁寧なカーテシーで挨拶を返せば、肩の力を抜いて「そりゃあ助かる」と笑うリュダン。

燃えるような赤い髪に、ブラウンの瞳。きりりとした眉毛が特徴的な、端整な顔立ちの青年である。どうやら、普段の話し方はかなりフランクらしい。

（リュダン様って、確か、かなり有名な魔術師よね……）

筆頭魔術師であるノアと比べれば多少劣るが、リュダンもとても優秀な魔術師だと聞く。テティスは彼も雲の上の上の存在だわ……と思いつつ、事前にノアから届いた手紙を思い出して頬が引き攣った。

（道中危険がないように部下を護衛に付けるとは書いてあったけれど、まさかそれがリュダン様なんて……大物過ぎでは？　そもそも、護衛を付けてくださるだけでも有り難いというのに）

しかしそれを口に出来るはずもなく、嫌な顔ひとつせずにテティスが持っている荷物を積み込んでいくリュダンに、テティスは慌てて頭を下げた。

「荷物は……これだけか？」

「あ、はい……！　リュダン様にものを運ばせるなんて……申し訳ありません……」

「いや、気にしなくて良い。ノアから、テティスには出来る限り快適な馬車の旅をと言われてるからな。むしろあんたに荷物を運ばせたりなんてしたら、後で雷を落とされちまう。比喩じゃなくて物理的に」

「物理的」

おそらく魔法のことを言っているのだろう。ノアはわりと手が、いや魔法が出やすい質なのだろうか。

（いや、そこじゃないわ‼　そ、こ、じゃ、な、い！　なんでこんなに丁重な扱いなの……⁉）

立派な馬車はもちろん、側近のリュダンを寄越すのも、本当に望んでテティスを妻に迎え入れるかのようだ。

リュダンの口調や顔色からもノア《主》がヒルダの代わりに、妹のテティスと婚約することに対して、それほど不満を持っていないように見える。

信頼している主が決めたこととはいえ、その相手が想い人の妹で、無能と呼ばれている女だなんて、側近からすればあまり良い気はしないだろうに。

（側近の方にくらいは、公爵様が本当はお姉様のことが好きということを伝えているのかと思ったけれど……。もしかして知らないのかしら……？）

ノアが寡黙なのか。それともリュダンが知っていても態度に出さない出来た人間なのか、必死に取り繕っているのか。

（分からない‼　けれど、とりあえず側近のリュダン様が好意的なんだから、喜ぶべき、よ

ね⁉）

内心で色々と考えたテティスだったが、とりあえず自身を落ち着けるように深呼吸を繰り返す。

すると、馬車の前でどうぞと差し出したリュダンの手に、テティスは慣れない手つきでそっと手を添えた。

馬車に乗り込もうとした寸前、リュダンが思い出したように口を開く。

「そういえば、見送りは……」

「……両親も姉も使用人たちも、皆忙しいので……はい。そういう、ことです」

「……。立ち入ったこと聞いたな、悪かった。じゃあ、行くか」

「はい」

リュダンに気を使わせてしまったことに申し訳ないと思いつつ、テティスは十七年暮らしたアルデンツィ邸をあとにした。

誰にも見送られず、家族の顔を最後に見たのも昨日の午前中だっただろうか。なんともあっけない別れだった。

――ガタンゴトン。

穏やかに揺れる馬車で、馬車内の装飾の豪華さや、お尻が痛くならないよう柔らかな作りになっている席にテティスが驚いていると、並列して走っている隣の馬車の窓から、顔をひょっこりと出したリュダンが話しかけてきた。

「気分は大丈夫か？　馬車だと六時間くらいかかるから、何かあったら直ぐに言ってくれな」

「はい！　ありがとうございます！」

本来令嬢が嫁ぐ際は、侍女やメイドを数名連れて行く。しかし、無能なテティスのために人も金も手放したくない父は、それを良しとしなかった。

（こういう気遣いも、本来ならば伯爵家から連れてきた者がしてくれるのよね……）

気を遣わせてしまって本当に申し訳ない……とリュダンに思いつつ、テティスは項垂れながら、到着の時を待った。


ときおり休憩を入れ、一度食事を挟む。その後公爵邸に着いたのは、空が茜色に染まる頃だった。

「な、なんて大きなお屋敷……！」

窓から見える景色に、テティスは目も口も大きく開く。

おそらく実家の三倍は大きいだろうか。結界魔術師の名門の伯爵家もわりと裕福で、屋敷自体は大きかったが、さすがに公爵家で筆頭魔術師ともなると、格が違うらしい。

高い塀があるため中庭を窺い知ることは出来ないが、おそらくとても広いのだろう。

（お庭を自由に出歩いて良いという許可をいただけたら、ゆっくりお散歩でもしてみようかしら。楽しみ……！　って、そうじゃないわ！　気を引き締めないと！）

望まれた花嫁ではないのだから、浮かれているばかりではいけない。テティスは浮足立っている自身の心に活を入れた。

「俺も初めてこの屋敷を見た時は驚いた。……テティス、手をどうぞ。気をつけて降りろよ」

「あ、はいっ」

するると、先に降りたらしいリュダンが、テティスが乗っていた馬車の扉を開けて、手を差し出して待ってくれているので、テティスは慌てて立ち上がる。

――その時だった。

「リュダン待て。俺がテティスを支えるから、お前は下がっていろ」

まるで弦楽器のように響く、重低音の声。屋敷の正門から歩いて来たその声の主を視界に収めたテティスは、彼の美しい容貌にひゅんっと喉が鳴った。

グレーアッシュのつやつやの髪に、少し長めの前髪から覗く淡い菫色の瞳は、まるでアイオライトが埋め込まれているかのような神秘的な美しさがある。

（私の髪の毛と似た色なのに……この方の瞳は本当に綺麗……）

ヒルダと比べて地味だと言われ、自身もその自覚があったテティスには、こんなに美しい菫色があるのかと驚くばかりだ。

鼻や口、輪郭も整っており、体躯もすらりとしていて、男らしい見た目のリュダンとは違った端整な顔立ちの青年から、テティスは目が離せなくなる。

その青年は、テティスの目の前まで歩くと、優雅な所作で手を差し出した。

「初めましてテティス。俺の名前はノア・サヴォイド。君がこの屋敷に来てくれる日を、今か今かと待っていたよ。ああ、君が俺の婚約者だなんて、まるで夢みたいだ」

「えっ」

ふわりふわりと、目の前のノアと名乗る青年の背後に花が飛んでいるように見えるのは、錯覚だろうか。

（いや待って……この方、名前をなんて言った？　ノア……？　私が来るのを待ってたって言った……？　お姉様のことが好きなのに……？　何で……？）

「……テティス？」

「………………」

「テティス、どうしたんだい？」

「…………」

ぼんやりと顔を眺めているテティスに、ノアは一瞬にして顔を青ざめさせた。

「もしかして、馬車で気分が悪くなったのか!?　おいリュダン、直ぐに医者を――」

「……ち、ち、ち、違います‼　ただ吃驚《びっくり》して仰天して動転して固まってしまっただけですので……‼」

「……それなら良かった。固まる君も可愛いな」

「かわいい……!?」

何をもってして可愛いかは分からないが、それはさておき。

「屋敷の大きさには皆驚くんだよ」とテティスの動揺が屋敷の大きさを見たからだと勘違いしたノアに訂正することなく、テティスは内心あわあわと慌てふためいていた。

（どうしましょう！　まさか公爵様にこんなふうに歓迎してもらえるなんて思わなかったわ……！　一体どういう心境で……!?　お姉様のことが好きすぎて私にお姉様の幻覚を見ているとか!?　いやでもテティスって呼んでくれたし……んん～!?）

未だにふわりふわりとした花が見えるほどに満面の笑みを浮かべているノアの心境が理解出来ないテティスだったが、「とりあえず屋敷に入ろうか」というノアに、こくこくと頷く。

馬車を降りる時に繋いだ手をそのままに幸せそうに歩くノアの横顔を横目に見ながら、テティスは、これは喜ぶべき!?　何か裏があるのかしら!?　と動揺を募らせて、屋敷へと足を踏み入れた。

ノアの登場の後に使用人も現れ、彼らがテティスの荷物が入ったトランクを先に用意した部屋へと持っていってくれるらしい。

テティスはノアに右手の自由を奪われながら、大きな正門が開いた直後に見えた、だだっ広いエントランスと、数え切れないほどの使用人の数に顎が外れそうになった。

「「テティス様、お待ちいたしておりました！」」

「お、お待たせして申し訳ありません……？」

こういう場合はなんて返せば良いのか分からず、ぱっと謝罪を口にしたテティスに、ノアは耳元に口を寄せるとぼそりと呟いた。

「テティス、謝る必要はないよ。皆、君が来るのを待っていたんだ」

「え!?　で、では、皆さん、お出迎えありがとうございます。嬉しいです」

ノアの助言により言い直すと、使用人たちはパァッと笑顔になっていく。

(な、何でこんなに歓迎ムードなの⁉)

ノア然り、リュダン然り、使用人然り。誰一人テティスのことを無能だと嘲笑わない。求めていたのはお前ではなく姉の方だったのにと、顔を歪めない。

(嬉しいけれど……これは一体……)

ヒルダから、ノアがヒルダに恋をしていると聞かされていなければ、きっとこの場で跳びはねてしまうくらいに喜んでいただろう。無能ではなく、自身も結界魔術師として周りに認められる存在だったならば、当たり前のように受け入れられたのだろう。

だが、現実はそうではないはずだ。今まで誰にも愛されなかったテティスは、浮かれてはいられないのだ。

「テティス様、長旅お疲れ様でございました。この屋敷の管理を任せていただいております、執事のヴァンサンと申します」

気を引き締めていると、使用人たちの中心に立っていた、燕尾服を着た初老の男性――ヴァンサンが話しかけてきた。

「初めましてヴァンサンさん。至らないところばかりかもしれませんが、色々と教えてくださいね」

「それはもちろんでございます。それとテティス様、私ども使用人には敬語は不要です。呼び方もヴァンサン、と」

「わ、分かったわ、ヴァンサン！」

ヴァンサンの朗らかな笑顔に、テティスもつられて微笑むと、掴まれた右手に力が込められたことで、テティスはそういえばと気が付いた。

「テティス、今の笑顔最高に可愛かった。今度は俺に笑いかけてほしい」

「おおお、お待ち下さい公爵様！　その前に手！　そういえばまだ手を繋いでおりました‼」

「ああ。君の小さくて柔らかな手を離すのが惜しくてね」

離してくださいという意味で言ったのだが、何故かノアには伝わらなかったらしい。

テティスがあたふたとしていると、ノアは薄っすらと目を細めるようにして微笑を浮かべた。

「公爵様じゃなくて、名前で呼んでくれたら離すよ」

「えっ」

「良いだろう？　もう婚約者なんだ」

（もしや、お姉様にも名前で呼ばれているから、同じように呼ばれたいとか？　それとも使用人たちの前だから？　こんなふうに優しくしてくださるの？）

ノアの発言の意図はさっぱり分からないものの、減るものではないので、テティスはさらっとその名を口にした。

「えっと……ノア様？」

「…………うっ」

「⁉」

すると、ノアは手を離して両手で頭を抱えると、何故か「ぐっ」やら「ぬぉっ」やら呻き声を上げている。……いや、悶えていると言った方が良いだろうか。

（ど、どうしてしまったのかしら⁉　持病⁉　いやけど、ヴァンサンたちはニッコニコのままだし……あ、リュダン様‼）

リュダンは魔法郵便で届いた書類を受け取る用があるらしく後で行くと言っていたのだが、どうやら用事は終わったらしい。

エントランスに入ってきたリュダンに、テティスは慌てて声を掛けた。

「リュダン様……！　ノア様のことを名前で呼んだら、なんだか様子が変になってしまわれたのです‼」

「ん？　ああ、そりゃあ、名前で呼んだからだろ」

「………と、言いますと？」

「嬉しいから悶えてるんだ、あれは。まあ気にすんな」

「……⁉」

リュダンの言った意味が理解できず、ピシャリと固まるテティス。

そんなテティスを知ってか知らずか、リュダンはノアの近くまで歩いていくと、「戻ってこーい」と声を掛けた。

ハッとしてリュダンを見たノアは、じいっと睨みつけた。

「何でお前も名前で呼ばれてるんだ。気に食わん」

「悶えた状態でよく聞いてたな。って、それは良いから。今さっき魔術省から書類が届いた。急ぎらしいから、とりあえず執務室行くぞーー」

「は？　せっかくテティスが来てくれたのに……。魔術省め……間の悪い」

ノアは前髪をぐしゃりと掻き上げて苛立ちをあらわにすると、パチっとテティスと目があったことで頬を緩める。

「すまないテティス。俺は少し仕事があるから、使用人に部屋まで案内してもらってくれ。ディナーまでには終わらせるから、その時にまた話そう」

「はい。お気遣いありがとうございます」

そうして、名残惜しそうな表情をしてから、ノアはリュダンと共に執務室へと歩いて行った。

「ではテティス様、私がお部屋に案内いたしますね」

「ええ、お願いするわね」

部屋に案内してくれたのは、メイドのルルだった。艶やかな黒髪をポニーテールにした彼女からは、大人の色気が放たれている。

主人であるノアが居なくなっても、態度が変わることはなく、部屋につくまでの間、ルルは疲れていないか、食事の好き嫌いはあるかなど、優しい言葉をかけてくれたのだった。

「テティス様、こちらのお部屋です」

通されたのは、屋敷の南側にある大きな部屋だった。伯爵邸でのテティスの部屋の、優に十倍はあると思われる大きな部屋である。

「わあっ、素敵なお部屋……！　おしゃれだし、可愛いし、素敵すぎる……！　何より全部新品‼　壊れて、ない‼」

　テティスの反応に、ルルは一瞬目を細めた。

「ルル、こんなに大きなお部屋の準備、大変だったでしょう？」

「いえ、テティス様に喜んでいただきたい一心でしたので。今お茶を入れますので、どうぞゆっくりなさってくださいね」

「ルル、ありがとう……！」

　家具や装飾品は、目に見て分かるほど一級品のものばかりだ。当たり前だが、ドレッサーは割れていないいし、シャンデリアはチカチカと点滅していない。

　おそらく、ベッドは相当なことをしない限り軋むことはないのだろう。

（有難すぎるわ……まるでお姫様になった気分……）

　部屋の真ん中辺りにある大きなソファに腰を下ろすと、目の前のローテーブルに置かれている小さな花が視界に入る。

（わっ、可愛いお花……それに、とっても良い香りね）

　今までとは比べ物にならないほどの素敵な部屋であることは嬉しかったが、何よりも細やかな気遣いが、テティスには心の底から嬉しかった。

「テティス様、お茶が入りましたのでどうぞ」

「ありがとう、ルル！　なんて良い香りなの……」

「ふふ、実は、国内でも中々手に入らない人気の茶葉なんです。旦那様が様々な伝手を使って取り寄せたのですよ。……どうしてもテティス様に飲んでいただきたかったのですわね」

「そうなの⁉」

ヒルダのことが好きなはずなのに、わざわざ屋敷の外で出迎えてくれたり、今日が待ち遠しかったと言ったり、手を握ったまま離さなかったり、大きくて暮らしやすい部屋を用意してくれたり、人気の茶葉を取り寄せてくれたり。

まるで本当に好きな人に対する扱いのように思えてならない。

（まさか……）

そこでテティスは、はたと気が付いた。ノアもリュダンも、屋敷の使用人たちも好意的だったのは──。

「旦那様は心の底からテティス様のことをあい────」

「分かったわ！　そういうことだったのね‼」

「テ、テティス様いかがなさいました……⁉」

ルルの言葉を遮ったテティスは、紅茶をゴクリと飲んでからおもむろに立ち上がった。

そしてルルの両手をがしりと掴むと、ギュッと包み込んだ。

「これからノア様のために、皆で力を合わせて頑張りましょうね‼　私も精一杯頑張るから……‼」

「は、はい……！　テティス様に支えていただければ、旦那様も大変お喜びになると思います」

――そう、全員がテティスに対して好意的だったのは。

（おそらくノア様は、お姉様に婚約者が居ることで自身の恋が叶わないと知って、気を病まれてしまったのだわ……！

だから自暴自棄になって、妹の私に婚約を申し込んだのよ！　遠くから目を細めて見れば、私とお姉様は多少似ているし！　きっと傷心のノア様の目には、私の姿がお姉様の姿に映っているのね！　先程エントランスで悶えていらしたのも、きっとそういうことね！

そしてリュダン様や使用人たちは、そんなノア様の心情を察して、私のことをお姉様として、丁重に扱ってくれているに違いないわ！

……ヒルダと呼ばずにテティスと呼んでくれているのは、ノア様なりの私への最大の配慮に違いないわね……。きっと心優しいお方なのね……）

テティスはそう自己完結をして、もう一度ソファへと腰を下ろす。

そもそも、テティスがこれほどまでにノアがヒルダに惚れていると鵜呑みにしている――つまり、ヒルダの発言を信じているかというと、それには理由があった。

あれは数年前のことだっただろうか。ヒルダの友人の令嬢に、とある婚約者が居た。そして、ヒルダはその婚約者は自分に気があるから、別れた方が良いと友人の令嬢に伝えたのである。

わざわざそんなことを言うのは、その友人に対して優越感に浸りたかったのか、もしくは友人を哀れんだのかはテティスには分からなかった。それこそ、何を以てしてその婚約者がヒルダを好きになったのかは明確には分からなかったけれど、確かにヒルダは美人だし、結界魔術師として働いていることからして、男性に人気があるのは間違いなかった。

（……それで結果的には、お姉様が正しかったのよね）

なんとその後、ヒルダの言う通り、友人の令嬢は婚約者と別れたそうだ。これは単に令嬢たちの噂ではなく、紛れもない事実であった。

（その婚約者の男性がお姉様への恋心を諦められず、友人のご令嬢が激昂してお別れしたのよ、とお姉様は言っていたわね）

結果として二人の男女が別れたことは事実であり、ヒルダの言う通りになったこともまた現実に起きたことだ。その時の記憶はテティスにとってかなり印象深く、ヒルダが言うことは正しいのだと刷り込まれた原因の一つだった。

（お姉様が仰ることは、きっと全てその通りになるのだわ……）

それに、テティスは今まで幾度となくヒルダと比べられ、自分自身に欠片さえも自信を持っていなかった。

誰かに愛されるはずはないという考え方と、ヒルダが言うことは正しいのだという刷り込みのせいにより、ノアがヒルダを愛しているということを、テティスは一切疑うことはなかった。

（――ヒルダお姉様の代わりに愛されるフリをするのは少々心が痛むけれど）

それでノアの心の傷が少しでも癒えるのならば、良いのかもしれない。

当初想像していた仮面夫婦になるくらいならば、ヒルダの代わりとしてでも円満な関係を築く方がよっぽど良いし、ここまで丁重に扱ってもらえるならば、少しくらいノアの役に立ちたい。

（頑張ろう……。ノア様の心の傷が癒えて、前向きになれるように）
テティスはそう心に決めて、もう一度紅茶で喉を潤した。

第四章　テティスの覚悟は斜め上

「本当にこのお姿でよろしいのですか……？」

テティスが意気込んでからしばらく。ディナーの時間の直前、常に笑顔だったルルの表情が強張っていることに気付きながらも、テティスは力強く頷いた。

「ええ！　この方がきっと、ノア様は喜ぶはずだから！」

「……そうだと……良いのですが……」

ヒルダの顔立ちに似るように、ルルに頼んでかなり濃い目の化粧を施してもらったテティス。

輿入れ時に着用していた古いデザインのドレスもディナー用に着替えようという話になったのだが、それも普段着るようなおとなしいデザインではなく、かなり主張が強いブルーのドレスを着せてもらった。

（こんな豪華なドレス着たことがなかったけれど、ルルの助けがなきゃ到底着れなかったわね……んー、それにしても、似合ってるかどうかは別にして、多少お姉様に近づいた気がするわ！）

髪色はどうもならないので、ルルに頼んで毛先を巻いてもらうことで華やかさを演出し、テティスは姿見で見た、自身の姿に概ね満足気である。

しかし、美意識が高く、かつテティスがヒルダに寄せようなどと思っていることを知らないルルは、不満げに声を漏らした。

「テティス様にはこちらのピンク色のドレスや、ミントグリーンの淡い色のドレスの方がお似合いだと思うのですが……」

屋敷にやって来て数時間で、すっかり打ち解けたテティスとルル。

ルルのアドバイスは大変有り難いのだが、今回ばかりはとテティスは苦笑いを零した。自分がどう見えるかよりも、いかにヒルダに近付けて、ノアが喜ぶかどうかの方が大切だからである。

「選んでくれてありがとう、ルル。今度着させてもらうからね！」

「必ずですよ……‼　それに、お化粧ももっと薄くでも良いと思います……！　元から整ったお上品なお顔立ちだというのに……ここまで手を加えては……」

「お、お上品なんて初めて言われたわ！　ありがとう！　けれど、地味な私にはこれくらいはお化粧をしてちょうど良いのよ！」

「……ううっ、勿体ないです……」

――まあ、確かに、今日の化粧は如何せん濃すぎたような気がすることもないようなあるような。

しかし、ヒルダに寄せるにはこれくらいの方が良いだろうと、テティスはドレッサーの前で一人頷くと、先程ルルが着けてくれた胸元の宝石に目がいった。

「これってルビーよね……。本物、よね……？」

「当たり前じゃないですか！　今着けているものの他にも、サファイアもダイヤモンドもオパールもエメラルドも、全て本物です。もちろん、ドレスも超有名な仕立て屋に頼んで作らせた一級品ですよ」

「そ、そうなのね……わぁ、すごーい……」

ドレッサーに並ぶ数多くの宝石類に、クローゼットの中にある、誰も袖を通していない美しい数多くのドレス。これらは全て、ノアが事前にテティスのために用意したものである。

（ほとんどのドレスは淡い色だったり、可愛らしいデザインのものばかりだったけれど、お姉様は大人っぽいデザインや濃い色を好んでいたのよね。ノア様はそこまでは知らなかったのかしら？）

そもそも、男性がそこまで女性のドレスについて詳しいはずもないし、この準備されたドレスは単純にノアの好みという可能性もある。

（ま、深く考えなくても良いわよね。けど……本当に、私の好みのドレスばかり……。実家ではお古の地味なドレスばかり着ていたけれど、本当はルルが手に持っているような淡い色のドレスが好きなのよね……。それに、この顔だもの。自分でも濃い色よりは淡い色のドレスの方が似合う自信があるわ）

そんなことを思いながらも、一人のメイドが「ディナーの準備が整いました」と連絡をくれたので、テティスはルルに案内をしてもらいながらついて行く。

先に部屋に入って待っていようと思っていたテティスだったが、入り口の扉に凭《もた》れかかって既に待っているノアに、驚いて「へっ」と素っ頓狂な声を上げた。

「本当は部屋まで迎えに行こうかと思っていたんだが、メイドが既に伝えたと言っていたからここでテティスを待っていたんだ」

「な、何もここでなくとも席について待っていてくだされば……！」

「ん？　ここの方がほんの少しでもテティスに早く会えるだろう？」

ノアの言葉に、ついテティスの頬がぽっと赤く染まる。

（って、違うから！　ノア様は私にではなくお姉様に向けて言っているのだから‼　勘違いはダメ！　絶対！）

ついときめいてしまった自分にムチを打って、テティスは出来るだけ冷静にありがとうございますと告げる。そしてノアに差し出された手に、おずおずと自身の手を重ねた。

「さあ、席に案内するよ。こちらへどうぞ」

さすが公爵というべきか。慣れた手付きでエスコートされる。テティスはミスがないだろうかと心配しながら、着席すると、斜め向かいの上座に着席したノアをちらりと見やる。

再びふわりふわりと花を飛ばしながら、こちらをニコニコと見つめてくるノアに、テティスはどうしようかと悩んで、とりあえず笑い返した。

「今はお化粧をしているんだね」

「はい！　そうなのです！　ど、どうでしょうか？」

「そうだな……テティスなら化粧はしてもしなくても、どちらでも構わないと言ったら、失礼だろうか」

　一瞬、安易に化粧が濃すぎると言っているのだろうかと思ったテティスだったが、次のノアの言葉にその疑念はすぐさま解消された。

「テティスはどんな姿でも綺麗だから。だが、俺のために化粧をしてくれたのなら、ありがとう。嬉しくてニヤけそうだ」

「……っ、いえ。こちらこそ、ありがとうございます」

　ヒルダに寄せた化粧を喜ぶわけでもなく、かと言って「そんな化粧如きでヒルダに似るわけがないだろう！　ヒルダを侮辱するな！」と激怒されるわけでもなく、想像していなかったノアの反応に、テティスは気恥ずかしくてゴホォン！　と力強く咳払いをした。

　すると、ノアは幸せそうに花を飛ばしながら、テティスに話しかけた。

「俺が準備したドレスを着てくれたんだね。嬉しいな。とても似合っているよ、テティス」

「あ、ありがとうございます。こちらこそ、沢山のドレスやジュエリーを用意してくださって、本当にありがとうございます。こんなに素敵なドレスを着たことがなくて……どのドレスにしようか悩んでしまいました」

　テティスの言葉に、ノアは一瞬薄っすらと目を細めると、すぐさま元のにこやかな表情へと戻った。

「そうか。それで今日は深いブルーのドレスを選んだんだね？　テティスには淡い色の可愛らしいドレスが似合うかなと、そういうデザインを多めに選んでおいたんだが、君はそういう大人っぽいドレスも着こなしてしまうんだね。本当に、綺麗だ」

「…………ほ、褒め過ぎでは……」

（……って、ん？　今なんて言った？　私のために選んでおいたって言った？）

伯爵邸でも出てこないような、美しい前菜を口にして、「美味しいです！」なんて感動しながらも、テティスの頭の片隅からは疑問が消えなかった。

（どうして？　私の見た目にお姉様の面影を感じているなら、私《テティス》に似合いそうなドレスを選ぶ必要ある？）

そもそも、ノアはテティスの見た目を知らなかったはずだというのに。

というのも、テティスは貴族の令嬢ということで両親から強制的に社交場に参加するよう言われていたが、その実はただのヒルダの引き立て役だった。

有能な姉と比べて無能な妹という烙印を押されているテティスに話しかけてくる者はおらず、あったとしてもヒルダの取り巻きで、悪口を投げかけられるだけ。ほとんどは壁の花だった。

だからテティスは、社交場では誰よりも暇を持て余していた。暇すぎて誰が参加しているか完全に把握できるくらいに。

（ノア様のような容姿端麗な方、見たら印象に残ってるはずだもの。……あっ、そういえば昔……なんだかノア様と似たような顔の少年を見たような……。けれど、瞳の色が違うものね。うん、私の勘違い、よね？）

何故か、記憶の奥底にあるとある少年のことが頭に思い浮かんだけれど、テティスは一旦疑問を飲み込む。

（……まず、ノア様の様子はしっかり確認しなきゃ！）

　とりあえず、今のところ分かったことと言えば、ヒルダに寄せて化粧をし、姉が普段着るようなドレスを着用しても、ノアがヒルダに対して思いを馳せたり、喜んでいたりするような感じがしないということ。

　いや、内心は何かしら思っているのかもしれないが、それはテティスの知るところではない。

（んー、こんなことくらいでは、やはり似ても似つかないのかしら。それとも、私の考えが間違ってる……？）

　謎が深まったテティスだったが、口内に涎が溢れ返りそうになるほどの美味しそうな牛肉のメイン料理に、とりあえず良いかと、一旦思考を放棄した。

　正直なところ、頭を悩ませない方が、食事は数段美味しい。

　せっかくこんなに美味しい料理をいただくのならば、余計なことは考えずに料理に集中すべきだったと反省したテティスは、ノアに部屋に不便はないか、足りないものはないかなど気遣ってもらいながら、お腹を満たしていった。

「これは……！　もしや苺のケーキですか!?」

「ああ。今日は長旅で疲れただろう？　甘いものを沢山食べて、疲れを取ってほしいと思ってね。シェフに頼んでおいたんだ」

　メイン料理の最中、「今日のデザートは楽しみにしておいてくれ」とノアに言われていたので
テティスは期待に胸を膨らませていた。だが、まさか自身の一番の好物が出てくるとは思わず、

目を見開いてキラキラと輝かせた。

「～～っ‼　私！　この世で苺のケーキが一番好きなんです！　本当に嬉しいです……！　いただいても宜しいですか⁉」

「はは、喜ぶテティスを見られて、こんなに嬉しいことはないな。おかわりもあるから沢山食べてくれ」

「はい！」

実家では「無能なお前に高価な食事はやれん！」と家族とは食事を分けられていたテティス。

もちろん、ケーキなんてものが食べられるはずがなかった。

だからテティスは、ヒルダの引き立て役として行った舞踏会やお茶会で、高確率で出てくる苺のケーキを食べることが楽しみだったのだ。

まあ、それも、ある程度の歳になるまでの話で、最近では出来るだけ人に注目されないために、壁の花に徹していたのだが。

「ああ……なんて美味しいのでしょう……！　ふんわりとしたきめ細やかなスポンジ！　甘すぎない軽くて滑らかな生クリーム！　酸味と甘味のバランスが素晴らしい新鮮な苺！　ふぁ……幸せすぎます……」

「あははっ、本当にテティスは美味しそうに食べるな。見ているこっちが幸せな気持ちになれるよ」

食べてしまうのが勿体無いくらいに美味しいケーキに頬を緩ませていると、いつの間にか残りは上に載っていた大粒の苺だけになっていた。

好きなものは最後に取っておくタイプのテティスは、一度息を呑んでから、フォークの先にある苺を口に運ぼうとすると。

「……やっぱり、苺は最後に食べるんだね」

「……？　はい」

（やっぱり？　ノア様も苺は最後に食べる派なのかしら？）

おそらく深い意味はないだろうと、パクンと苺を口に放り込む。

至福の時に「ん〜！」と喜声を上げるテティスに、既にケーキは食べ終えてコーヒーを飲んでいるノアが、「大事な話があるんだ」と喋り出した。

「はい、何でしょう？」

「一応アルデンツィ家への手紙にも書いたけれど、テティスにも伝わっているか確認したくてね。アノルト王国の貴族の結婚には、必ず婚約期間を半年間設けなければならないことは聞いているかい？」

「いえ……。申し訳ありません……」

手紙は全てテティスの父親が管理し、その内容を本人に口頭で伝えるという方法を取っていたのだが、どうやら父は言い忘れていたらしい。

（いくら私のことはどうでも良いにしたって、さすがに伝達はきちんとしてほしいわね！　さ、す、が、に！）

テティスが内心で愚痴ると、ノアが話を続けた。

「そうか。なら説明しておこうか。今日から半年の間は、俺たちは婚約者だ。婚約期間を終えたら直ぐに入籍して、結婚式もその時に挙げたいと考えてるんだが、テティスは問題ない？」

「はい！　問題ありません！」

間髪入れずにそう答えると、ノアが突然テーブルに伏せてワナワナと震え始める。

（え⁉　突然何⁉　持病⁉　いや、ヴァンサンもルルも平然としてるから違うわね⁉）

テティスは部屋に居る使用人たちの様子を確認しつつ、「ノ、ノア様……？」と窺うように声をかける。すると、ノアは未だにぷるぷると体を震わせながら、ゆっくりと顔を上げた。

「すまない……。即答されたのが嬉しくて」

「はい？」

「突然婚約の申し入れをしたから、結婚をするまでにもう少し婚約期間を設けてほしいと言われても仕方がないと思っていたんだ」

テティスとしては輿入れする時点ですぐさま入籍する可能性を視野に入れていたので、むしろ半年間も婚約者の状態でお世話になってしまっても良いのかと不安なくらいだ。

それを口にすると、「そんなこと一ミリさえも気にしないでくれ。俺が婚約者の段階から傍に居てほしくて屋敷に来てもらったんだから」とノアに食い気味に説明され、テティスはほっと胸を撫で下ろした。

すると、頬をやや赤く染めたノアが、照れくさそうに口を開く。

「これは直接会って話した方が良いと思って、手紙には書いていなかったんだが……」

「はい」

「今回、俺がテティスに婚約を申し入れた理由というのは──」

「そそそそ！　その件につきましては‼」

ノアの言葉を遮るように、テティスは少しばかり声を張り上げる。

そんなテティスに驚いたノアが素早く目を瞬かせていると、テティスはカッと目を見開いて、ずいと上半身を乗り出した。

「承知しております……‼　何故ノア様が私に婚約を申し入れたかについては、重々承知していますから、みなまで言う必要はありませんわ……‼」

ノアがテティスのことを、ヒルダの代わりとして、愛する人の代わりとして婚約者に選び、丁重に扱っていることは分かっている。

それに対してテティスが、恩義を感じる必要はないのだろう。

だが、テティスはノアに感謝していた。

この数時間で、既にテティスは誰よりも実感していたのだ。今が一番、人生で大切にされていると。

何も、広い部屋や美しいドレス、豪華な料理が惜しいのではない。もちろんそれらだって嬉しかったけれど、そういう物自体ではなく。

（嬉しかったの。仮初でも、テティス《私》を求めてくれていることが。今まで、誰にも必要とされな

かったから）

　だからテティスは、ノアが自らの口から理由を話すことを止めたのだ。

「――そう、かい？　ならテティスは、俺の気持ちを知っているんだね……？」

　少し驚いたように問いかけたノアに、テティスは力強く頷いた。

「はい！　もちろんです‼　ですからどうか、わざわざ口になさらないでくださいませ……！」

「そうか。分かったよ」

　穏やかな笑みを浮かべて同意を示してくれたノアに、テティスは、良かった……と、つられるように笑う。

　――しかし、テティスはこの時知らなかった。

「テティスは照れ屋さんだったのか。そういうところも可愛すぎるな……」

「えっ？　何か仰いました……？」

　自身とノアとの間に、大きな勘違いがあることを。

「いや、テティスは可愛いなって、言っただけだよ」

第五章　努力を続けることは当たり前ではないのだと

それはサヴォイド邸にやって来てから二日が経った朝のこと。

実家に居た頃からずっとやっていたルーティーンを行うべく、テティスはルルが起こしに来ると言っていた時間よりも、二時間ほど早く起床していた。

「ふふっ、やっぱり良いベッドで眠ると、起きた時の体の痛みが全くないわね！　幸せ～！」

心地良いベッドのせいでもう少し眠っていたいとも思うものの、テティスは勢いよくベッドから降りると、手早く顔を洗って、髪の毛をひとまとめにする。それから、クローゼットの前に行き、何着かある運動用の服を手に取ると、それに着替え始めた。

「わっ、運動できれば何でも良いって言ったのに、物凄く肌触りが良いわ」

昨日、ルルに運動をしたいからと適当に服を用意するよう頼んだのだが、まさかこんなに上質なものを準備してもらえるとは思わなかった。

(公爵家ではこれが当たり前なのかしら……。やっぱり自分で持ってきた服を着ないで良かった)

テティスはホッと胸を撫で下ろすと、それから敷地内に出てランニングを行う。

因みに、ノアからは事前に敷地内ならば自由に出入りして良いという許可を得ていたので、このところは問題はない。

「……はぁっ、はあっ」

それからテティスは、約一時間ほどランニングを行うと、汗を綺麗に拭いてから、今度は公爵邸内に戻って、書庫へと足を踏み入れた。

実家にも書庫はあったものの、それとは比べ物にならないほど膨大な量の本の数に、テティスは感嘆の声を漏らす。

「わぁ……魔術に関する本が沢山あるわっ！　さすが筆頭魔術師であられるノア様の書庫ね」

因みに、この書庫への出入りについてもノアからは許可を得ている。

というより、ノアから「テティスはこの屋敷のどこで何をしようと自由だよ。危ないことだけはしないようにね？」と優しい言葉をもらっており、ノアの寛大な心遣いに感謝をしたのは言うまでもない。

「……本当にノア様には感謝しかないわ。さっ、まずはどの本から読もうかしら……！」

それからテティスは好奇心が抑えきれなかったのか、読書にのめり込み、あっという間に時間は過ぎていった。

読書が済んでからは、テティスは自室に戻って魔力操作の練習を繰り返し行った。

◇◇◇

公爵邸に来てからもう五日が経つ。ようやく屋敷の内部を把握できたテティスは、ノアが主に書類仕事をする執務室へとやって来ていた。

テティスの後ろに控えるルルの、妖艶な美しい顔がやや呆れているのは、まるで泥棒のように執務室を中腰でこっそりと覗くテティスのせいである。

「テティス様、旦那様は間違いなく喜ばれますから、気軽にお入りになっては？」

「ルル……！　しーっよ！　しーっ！　覚悟が……覚悟が足りないのよ……！」

「いや多分気付かれて——ゴホン……。失礼いたしました」

テティスが何をしているかを語るには、話を少し遡る。

あれは今日の朝、身支度をしている時のことだった。

「ねぇ、ルル。今日からは、以前にルルが似合うって言ってくれていた淡い色のドレスを着ようと思うんだけれど、準備してもらっても良いかしら？」

「や、やっとこの日が……！　喜んで……‼」

屋敷に来た日から、ことあるごとにルルに「こちらのドレスの方がお似合いになるのに……」と淡い色の可愛らしいドレスを責っ付かれていたテティスだったが、少しでもヒルダに寄せるために断り続けて、早五日が経つ。

初日から思っていたことだったが、見た目をどれだけ寄せようとノアの態度にこれといった変化が見られないため、テティスは見た目をヒルダ寄りに繕うのをやめることにしたのだ。

「テティス様！　お化粧も私にお任せいただけますよね⁉」

「え、ええ。好きなように……」

「かしこまりました。腕が鳴りますわ！」

美意識の高いルルは、相当我慢していたのだろう。ルルの腕が物理的にボキボキ言っている姿に、テティスは内心ごめんなさい……と謝罪した。

それからしばらくして、身支度を整え終わったテティスは、ドレッサーの前で感嘆の声を漏らした。

「わ、わぁ……これが私……？」

「正真正銘テティス様です！　んっもーー！　可愛いですわ‼」

いつもの数倍テンションが高いルルだったが、それはあながち大げさではなかった。

ヒルダに寄せるために施していた濃い化粧の半分、そのまた半分程度の薄い化粧にすると、テティスは自身でも見違えるほど美しくなっていたから。

「ルルって魔術師だったの⁉　人を綺麗にする魔術なんて発見されていたの⁉　勉強不足だったわ……‼」

「ノー魔術師です！　そもそもテティス様の元が良いのです。私はそこに少しだけ手を加えただけですわ！　それに今日のミントグリーンのドレス……本当にお似合いです……！」

「そんなに言われると照れるけれど、嬉しい！　ありがとうルル！　私、嬉しい……！」

「はい！　私も嬉しゅうございます」

（ルルったら、なんて良い子なんでしょう！）

実家では使用人とこんなふうに楽しく会話をしたことがなかったテティスが嬉しさに浸っていると、「そのお姿を早く旦那様にお見せしましょう」と言うルルの言葉で、ハッと脳内を切り替えた。

（そうだったわ！　ノア様‼　ノア様に会いに行かなくては！）

というのも、ルルが言うように今の姿を見せたいのではなく。

（おそらくだけれど、ノア様は私の見た目――少しでもお姉様に似たこの顔を求めて婚約したわけじゃないと思うのよね……）

この五日間でそう強く感じたテティスは、見た目をヒルダに寄せることはやめ、違う作戦を実行することにしたのだった。

そして話は冒頭に戻る。

今日は魔術省へ出勤せず、サヴォイド邸の執務室で仕事を行うノアの様子をこっそりと覗いていたテティスは、ルルに、行ってくるわね！　と視線だけで伝えると、意を決して執務室に踏み込んだ。

「ノア様！　わ、私とお話ししませんことぉ⁉」

（あああ！　声が裏返ってしまったわ！）

仕事中だというのに、先触れもなく突然の来訪。加えて、相手の予定を顧みずに自身の要求を述べる。――極めつけには。

「お、ね、が、い……？」

（はっ、恥ずかしい……‼）

わざとらしく首を傾げ、普段よりも幾分か高い猫なで声で甘えること。

これら全て、アルデンツィ家で、ときには社交場でヒルダが第二王子であるリーチに頻繁にしていたことである。

(自分の胸を相手の腕に押し付けるところまでがお姉様のワンセットだったけれど、さすがにそれは無理……!!)

つまり、テティスが何をしたかったかというと、見た目ではなく言動をヒルダに寄せようと考えたのだ。

とはいえ、今までテティスに対するヒルダの姿は、お世辞にも良いものとは言えないことをテティスは分かっていた。あれが本来の姉の姿だが、ヒルダは婚約者や友人貴族の前では、我儘な性格は残れど、可愛らしく取り繕っていたのである。

(ノア様はきっと、そんなお姉様の言動にメロメロになったのね……。だから、一番近くでお姉様のこと見てきた私なら言動も似ているんじゃないかと思って婚約を申し出た。……うん、きっとそうに違いないわ!)

テティスはヒルダからあまり良い仕打ちは受けてこなかったものの、確かに美人のヒルダが可愛く甘える姿というのは、男心を擽《くすぐ》るだろうとは思った。

おそらく、ノアもその一人なのだろうと。

「えっと……ノア、様……?」

しかし、ノアからこれといった反応はなかった。

突如現れて猫なで声を出したテティスに対して、ノアは席を立って一瞬目を見開いただけで、身体がピシャリと硬直したまま、無言で立ち尽くしている。

「あ、あのーーそのーー。ノア様……？」

テティスは窺うように、二度名前を呼ぶ。

するとガタンと音を立てて椅子から立ち上がったのは、やれやれと言わんばかりに髪の毛をぐしゃりと掻き上げたリュダンだった。

そんなリュダンに、何かを託すような目を向けた数名の部下たちは「困った主だよ、全く……」となんだか小さく愚痴っている。そんな姿をテティスは見ながら、リュダンを目で追う。

「おいノア。あまりのテティスの可愛さに放心状態になってるのは同情するが、あんまりそのままだとテティスが不安になるからさっさと戻ってこーい」

「……ハッ！　テティスすまない。一瞬天国に行っていたみたいだ」

「えっ」

リュダンの声かけにより、スイッチをオンしたように話し始めたノアだったが、言っていることが些か意味不明だ。

（けれど、これは大きな反応があったわね……！）

想像していたように、やはりノアは、ヒルダの小悪魔のような言動が好きだったのだろう。

自分の考えは合っていたのだと確信したテティスは、ヒルダの行動を思い出して、これは自分にでも出来そうだとノアの片手を自身の両手でギュッと包み込んだ。

「二人きりで、お話ししたいです……」

「……！」

（あっ、間違えたわ！　ここは『二人きりになりましょう？』と妖艶に笑うところだったのに！

私の馬鹿！）

自身の失態に頭を抱えたくなったテティスは、次にノアから発せられるだろう『ヒルダはそんなふうに言わない！』『君が彼女の真似なんて甚だしい！』という言葉に対して、誠心誠意謝罪をしなければと考えていたが、直後その心配は不要だったと知ることになる。

「ああ、分かった。直ぐに二人きりになれるところへ行こう」

「えっ？」

「リュダン、急ぎの仕事は全て終わらせてあるから、俺はテティスと二人きりで休憩してくる。二人きりでだ。お前たちは適当に休憩を挟みながら仕事を続けろ。良いな」

「あいよ」

そうしてテティスは、またもや花が飛んでいるように見えるほどご機嫌なノアと共に、執務室を後にするのだった。

（…………。あ、あら？）

一体どこへ連れて行くのだろう。疑問に駆られたテティスだったが、到着したのは屋敷に来てから何度か散歩に訪れたことのある中庭だった。

（何で中庭……？）

婚約者同士が二人きりになるといえば、どこかの密室だろうかと思い込んでいたが、どうやら常識がズレていたらしい。テティスは、少し不安げに問いかけた。

「ノア様、ここで一体何を？」

「ああ、今準備をさせるからテティスは少し待っていて」

「準備？」

はて、一体何のことだろうと小首を傾げると、同時にノアが親指と人差し指をパチンと鳴らす。

すると、中庭を囲むように生えている背の低い木の物陰から、目にも留まらぬ速さで現れたのはヴァンサンとルルだった。ヴァンサンの身なりは完璧だが、ルルは頭に葉っぱを付けているところが何とも可愛らしい。……いや、問題はそこではないのだけれど。

「ヴァンサン⁉　ルル⁉　どうしてここに⁉」

そういえば、執務室を出た時にルルの姿がなかったので、先に仕事に戻ったのかと自己完結していたのだが、どうやら中庭に先回りしていたらしかった。二人の様子から察するに、おそらく先導したのはヴァンサンなのだろう。

「旦那様の希望を直ぐに叶えられるよう、先回りするのが、このヴァンサンの務めでございますゆえ。因みにルルは心配そうに執務室を覗いていたので、人手として強制的に連れて参りました」

「はい。首根っこを掴ま……ゴホン、失礼いたしました」

（ああ、だからルルはなんだか微妙な表情なのね……）

涼しい顔のヴァンサンとは対照的に、表情を歪めるルルに、テティスは同情の瞳を向けた。

そんな中、ノアがヴァンサンに「簡易的で構わないから二人分の茶会の準備をしろ」と命じると、ものの数分でそれはセッティングされた。

「な、何て早業でしょう……」

中庭にはいくつかの区画に分けられて花が植えてある。それらを全て見渡せる位置に、瞬く間に準備されたテラステーブルと椅子。

そんなテーブルの上に置かれた両手の指の数を超える種類の焼き菓子と、ルルが入れてくれたダージリンにテティスは鼻孔が擽られた。

「さあ、お席へどうぞ、テティス」

「ノア様、ありがとうございます」

ノアにエスコートされ着席すると、ノアの指示によりヴァンサンとルルはテティスからは見えない位置にまで下がって行く。

当初の話通り、二人きりになった中庭の小さなお茶会で、テティスはノアと同時にダージリンで喉を潤した。

「ハァ……ホッとします。美味しいです。それに、こんなに美しいお花を見ながらだと、また格別ですね」

「ああ。喜んでもらえて良かった」

「それにしてもノア様、どうしてわざわざここに席を設けてくれたのですか？」

「二人でお話しするだけなら、私の部屋でも良かったのですが……」と続けるテティスに、ノアは一瞬だけ顔を強張らせた。

「君の部屋で二人きりになんてなったら、枷《かせ》が外れるかもしれないからね。俺が我慢すれば良いだけの話だが……確信が持てない以上、やめておいた方が無難だろう？」

「な、なるほど……？」

ノアの言葉の意味がてんで理解出来ないテティスだったが、分かりやすく説明してくれというのも失礼なので、適当な受け答えで流した。

「まあ、その話はこれくらいにして。テティスはクッキーは好きかい？」

「はい！　甘いものは何でも大好きです！　クッキーは苺のケーキの次に大好きですわ！」

「それは良かった。ならはい、あーん」

「⁉」

さも当たり前のように、自身の指先にあるクッキーを食べさせようとしてくるノア。突然のことに、テティスはピシャリと固まった。

（どどど、どうしましょう⁉　どう反応すべき⁉）

しかしテティスはここで、そもそものどうしようという考え方が間違っていたことに気付いた。

何故なら今、テティスはヒルダの言動を真似ているのだ。……突然茶会が開かれたことで驚いて、正直今の今までそのことはすっかり忘れていたけれど。

とにかく、ヒルダならこの場合、動揺などせず『あーん』を受け入れるはず。

テティスは一度息を呑んでから、羞恥心によって自身の頬が真っ赤になり、瞳が潤んでいることなど知る由もなく、おずおずと口を開けた。

――パクン。

「……っ、どう？　美味しい？」

優しい声色とは裏腹に、何やら険しい表情をしているノア。しかしテティスはそんなノアの小さな変化に気付くことはなかった。

というのも、恥ずかしさやノアの態度よりも、クッキーのあまりの美味しさが上回ったからである。

「んんーー‼　バターの芳醇な香りにサクサクとした食感！　砕いたアーモンドが良いアクセントになっていて、いくらでも食べられそうです……！」

まるで小動物のような可愛さから一点、以前苺のケーキを食べた時と同じような興奮気味の解説に、堪らずノアはフッと笑みを零した。

「テティスを見ていると、本当に飽きないな」

「ハッ！　また私ったら……つい美味しすぎまして……」

「今日はやけに積極的だし、色々な君が見れて嬉しいよ」

まるで愛でるような瞳を向けたままそう言ったノアは、テティスが食べたものと同じクッキーを一口かじって「美味しいね」と呟いてから、再び口を開く。

クッキーの美味しさに、行動をヒルダに寄せることをまたテティスは忘れてしまっていた。

「ねぇテティス、何か欲しい物や、して欲しいことはない？　俺ばかり幸せをもらって、申し訳ないんだ」

「えっ、私、ノア様に幸せをあげられていますか？」

「もちろん。君が傍に居てくれるだけで、俺は毎日幸せだよ」

「……っ」

（お姉様の代わりの私に向けて言ってる言葉なのに）

そんなことは分かっているのに、どうしてだろう。

テティスは感じたことがない胸のざわつきを感じ、全身の血が沸騰したのかというほど、体中が熱くなってくる。まるで、自分自身が愛されていると勘違いしそうだ。

優しい瞳で見つめてくるノアを見ると胸がきゅうっと苦しいくらいに締め付けられる。テティスは、そっとノアから視線を逸らした。

（何これ、何なの、これ。多分これ、知っちゃだめなやつだ）

本能的にそう感じたテティスは、淑女らしさなどどこかへ置いて来たかというような速さで、目の前のクッキーにガツガツと貪りつく。

力強く咀嚼《そしゃく》し紅茶でそれを流し込むと、なんとか平常心を取り戻したテティスは、この機会に聞いてしまおうと勢いよく口を開いた。

「それでしたらノア様！　最近魔術省の研究機関で力を入れている、魔力の増加研究について知っていることがありましたら、教えていただけないでしょうか……！」

——魔力の増加研究。それは文字通り、魔力が増えるかどうかを研究しているのだが、この研究こそテティスの夢に大きく関わっていたのだ。

というのも、まずテティスの夢は結界魔術師になることなのだが、これには血筋はもちろんのこと、膨大な魔力を持っている必要があった。

テティスは淡くしか光らないブレスレットを見るたびに、自身の魔力の少なさを実感しながらも、この夢だけは諦めきれなかったのだ。

そこで、テティスは数年前に知った魔力の増加研究に一縷の望みを抱いていた。

（一般的には魔力量は生まれつき決まっていて、後天的に増えることはないとされているけれど）

なんと、ここ数年、魔力量が後天的に増加する者が度々現れ始めたのである。

魔術省に勤めていないテティスにその詳細を知る由もなく、ヒルダに聞いても知らないの一点張りだった。馬鹿にしたような感じではなく、怒りながら知らないと言ってくるあたり、本当に知らないのだろう。

どころか、「知らない私を馬鹿にしているの!?　無能なテティスのくせに！」とまで言われて、その日は一日中悪口のオンパレードだった。

（けれど、筆頭魔術師のノア様ならば、何も知らないなんてことはないはず）

だから、テティスはノアに意を決して問いかけたのだ。

歪さはあれど、ノアとの関係は現時点では良好だし、何より夢を諦めきれないから。

するとノアは、先程までのふわふわとした表情から一転して、やや真剣な面持ちをテティスに向ける。

「因みに、どうして魔力増加の研究について知りたいのか、聞いても？」

「もちろんです。……えっと、そもそもノア様って、私が無能だと言われていることってご存知ですか……？」

名門のアルデンツィ家に生まれ、数代ぶりの結界魔術師となったヒルダと比べられて、テティスが無能呼ばわりされていることは、割と広く知られていることだ。

しかしノアはヒルダのことをかなり好いているようなので、もはやその他の人間のことなど知らない可能性もあるのでは？　とテティスは思ったのである。

「ああ、知っている。……不本意ながらね」

「……そう、ですよね」

ノアの言葉に、何故かテティスの胸はチクリと痛む。

テティスの存在がアルデンツィ家——引いてはヒルダの汚点だと思われても致し方がない。つまり、テティスが無能だと言われている事実は、ヒルダのことを愛するノアからすれば、不快で仕方がない状況に違いないのだけれど。

（それでも、そんな私を婚約者にするんだから、本当にお姉様に惚れ込んでいたのね）

テティスは俯きがちになりながらも、話を続ける。

「ですが、そんな私にも夢があるのです。結界魔術師に、なりたくて。ちっぽけな魔力しかないのですが……」

「なるほど。確かに、結界魔術師は膨大な魔力量を持つ者しかなれないと言われているね。テティスの血筋的には結界魔術師の素質はあるかもしれないから、少ない魔力量をどうにかすれば可能性はあるんじゃないかと考えたわけだ」

「そうです……！　そうなんです!!」

さすが筆頭魔術師様は話が早い。テティスは食い気味に答えると、ノアは眉尻を下げて口を開いた。

「ごめんねテティス。協力してあげたい気持ちは山々だが、まだこれといった研究結果は出ていないんだ。筆頭魔術師である俺には全ての情報が上がってくるから、まず間違いないよ」

「そう、ですか……」

正直、少しは情報を得られるだろうと思っていたので、テティスはかなりショックを受けた。けれど、テティスのことを思ってか、それともヒルダのことを思ってか、申し訳無さそうに言うノアに、テティスは勝手にショックを受けていては失礼だと考えた。だからテティスは、誠心誠意答えてくれたノアに感謝の気持を伝えなければと、テーブルに額が着くくらいに深く頭を下げた。

「教えていただき、ありがとうございます」

「いや、力になれなくて本当にすまない。もし今後何か分かったら、直ぐに知らせよう」

「本当ですか……!?　ありがとうございます……！」

それだけでも、テティスからしてみれば希望の光だった。

ノアからすればテティスも力を身につければ婚約者にしておいて恥ずかしくないし、何よりヒルダの汚点にもならないので、万々歳のはず。

（あれ……何だかまた胸がチクって）

まるで細い針で心臓を抉られたような痛みは、過去、家族に無能だと罵られた時にも感じたものだ。

（ノア様はこんなにもお優しいのに、私が勝手に傷付いて、だめだな……）

好きで無能でいるわけじゃないのに、努力だってしているのに、自身を認めてもらえない虚無感。周りの人間は皆ヒルダだけを大切にして、愛して、自分のことは誰も興味さえ持ってはくれない寂しい現実。

それらの感覚が胸に押し寄せてきてテティスは暗い闇に引っ張られそうな感覚に陥るけれど、こんな感覚は初めてではないのだからと、自分自身を落ち着かせる。

（大丈夫。もう今更傷付かない。……傷付いたって、何も変わらなかったもの。もう、慣れっこでしょ、テティス）

とはいえ急に気持ちを切り替えられるはずもなく、せめて味覚くらいは幸せを感じたいと、テティスはオレンジピールが載ったクッキーを一口齧る。

ほのかな酸味と鼻に抜ける柑橘の香り、クッキーの香ばしさと甘味にほんのりと幸せを噛み締めていると、やや無言の時間が流れた中で「それにしても」と口火を切ったのは、何故か少し嬉しそうなノアだった。

「知らなかったな。テティスに夢があったなんて」

「……身の程知らずの夢ではありますが………」

「そんなことはないだろう。後天的に魔力が増加する例は実際存在するんだ。テティスだって明日にはどうなっているか分からないさ」

そう励ましてくれたノアに、有り難さと気を遣わせてしまった申し訳なさを感じていると。

「差し支えなければ、どうして結界魔術師になりたいのか聞いても良いか？　出来るだけ、テティスのことを知りたいんだ」

「………っ」

それはノアの気まぐれだったのかもしれない。もしくは、テティスに対する罪悪感からだったのかもしれない。

ヒルダの代わりとしてテティスに接する上で、その情報は必要ないというのに。結界魔術師になりたいといえば、周りは皆嘲笑ってきたというのに。

当たり前のように問いかけてくれたことが嬉しくて、まるで『テティス』のことに興味を持ってもらえることが嬉しくて、テティスはおもむろに口を開いた。

「私の曾祖母様も結界魔術師だったのですが、ご存知でしょうか？　約百年前、王都への魔物の大量襲撃を強力、かつ広大な結界を張って守ったと言われる、伝説の……」

「エダー様だろう？　もちろん知っているよ。あの方の力がなければ、王都は無傷とはいかなかったたろうな。彼女が時間を稼いでくれたおかげで、我々魔術師や騎士が態勢を整え、そして民や建物の心配をすることなく戦えたんだから」

現在、ヒルダを含めて結界魔術師は三人居るが、彼ら彼女らの能力は、エダーに比べれば子供のようなものだ。

というより、歴代の結界魔術師のことが記された書物によれば、エダーは他のどの魔術師とも比べ物にならないほどの魔力量を持ち、最強の結界魔術師だったとある。

「私は書物でしか曾祖母様のことは知りませんが、当初は結界魔術師としてはあまり優秀な方ではなく、苦労なさったとあります。しかしどこかのタイミングで結界魔術師の頭角を現した曾祖母様は、伝説と言われ、未だに語り継がれています」

何故エダーが急に頭角を現したのか。その謎についてはどの文献にも書かれていなかったけれど、テティスにはとある考えがあった。

（もしかしたら曾祖母様も、私のように生まれ持った魔力は少なかったのではないかしら？　そして、何かが原因で魔力が急に増えて、後世に語り継がれるほどの結界魔術師になった。けれど当時は今のような後天的に魔力が増える例がなかったから、深く調べられることはなかったのでは……）

それに、エダーはテティスとは違って、一応結界魔術師になれる程度の魔力は有していたので、周りもあまり気にならなかったのかもしれない。

ノアは、瞬きをすることなくじぃっとテティスを見つめ、しっかりと耳を傾ける。

「……私がまだ五歳くらいの頃でしょうか。両親に付いていったお茶会で、そんな曾祖母様の話題になることがあったんですが、とある夫人が、私にお礼を言ってくれたんです。『あなたの曾祖母様のおかげよ、ありがとう』って。きっとその方からしたら、なんの気なしに言ったのかもしれません。けれど私は当時から家族から期待されていなくて、ありがとうだなんて言われたことがなかったので、嬉しかったんです」

あの時のことを思い出すと、今でも心がじんわりと温かくなる。自分が褒められたわけでもないし、それほど人からの感謝に飢えていたのだろうけれど、テティスには忘れられない思い出になったのだ。

テティスはやや唇を震わせながらも、しっかりとした口調で言葉を紡いだ。

「だから私、結界魔術師になったら、沢山の人に認めてもらえて、沢山ありがとうって言ってもらえるんじゃないかって。曾祖母様みたいな結界魔術師になれたら、周りのことも、自分のことも幸せに出来るんじゃないかって。……そんな理由で、私は未だに、夢を見ているんです」

無言で聞いてくれていたノアの表情をちらりと見れば、なんとも言えない表情をしている。初めて見るその表情に、テティスは堪らず唾を呑み込んだ。

（なんだそれ、って馬鹿にされてしまうかしら……それとも、同情されてしまうのかしら）

ドクドクと心臓が嫌な音を立てる中、テティスはノアが話し出すのを待つと、数秒後に彼は話し始めた。

「――テティスは、凄いな」

「えっ?」

何が凄いのか、どうして凄いななんて肯定的な言葉が出てくるのかが分からず、テティスは驚いて素っ頓狂な声を上げた。

――ガタン。ゆっくりと席を立ったノアは、向かいの席に座るテティスの隣に行くと、片膝を突いてテティスの顔を見上げる。

突然のノアの行動にテティスが身体をノア側に向けると、太もも辺りに置いてあった小さな手がいつの間にやら大きな彼の手に包み込まれていた。

ノアの手は壊れ物に触れるように優しく、その指先は冷たいのに、テティスには何故か温かく感じたのだった。

「叶う可能性が低いと分かっていても、夢を持ち続けることは誰にでも出来ることじゃないんだよ、テティス」

「……っ、けれど私は……」

「まあ、だが確かに、夢を持つだけなら無謀だと嘲笑う者もいるかもしれないね。けれどテティス、君は違うだろう?」

「………!」

確信を持った物言い。それはまるで、テティスが何をやっているか全て知っているような口ぶりだった。

「毎日、体力をつけるために走っているだろう? 俺の部屋の窓から、その姿が見えたよ」

「えっ…………」

結界魔術師は数が少ないため多忙であり、体力がいる仕事だ。

体力はあって困ることはないだろうと、テティスは毎日日課として走っていた。

「それによく、自室で魔力操作――魔力を練って留める練習をしていたね。集中しすぎて、俺がノックをしても聞こえていない様子だった」

「え!?　そ、それは、申し訳ありません……」

（まさか、ルルだけじゃなくてノア様のノックにも気付いていない時があったなんて……）

結界魔術師の魔力の使い方は一般的な魔術師と違い、魔力を放出せずに、まずは手に留めることが重要である。

それが出来たら、今度は練り上げた魔力を薄く薄く円形になるように引き伸ばしていく。

これが出来て初めて、結界魔術師の卵となれるので、テティスは少ない魔力を手に留める練習を毎日欠かさずやり続けてきた。

「空いた時間には屋敷の書庫で魔法や魔力、結界魔術師についての本を読み漁っているだろう？　リュダンやルルから報告が上がっている。まあ、書庫を見たいと聞いた時から、俺もチラチラ書庫を覗いてテティスの様子を見ていたんだけどね」

「……！」

結界魔術師になるためには、魔法全般の知識があった方がいい。中には魔力増加に繋がるものもあるかもしれないと、テティスは知識を取り入れることを、欠かさなかった。

もちろんこれも毎日続けたことであり、テティスは夢を叶えるために、幼少期からずっとずっと続けていることだったのだ。

それは、テティスにとって夢のために出来る最低限のこと。別に誰かに褒められたいとか、その頑張りを見てもらいたいなんて思ったことはなかったし、むしろ、家族からは無駄なことをしていると馬鹿にされてきたぐらいだったというのに。

「きっと君は今まで、そうやってずっと努力を続けてきたんだろう?」

「……それくらいしか、出来ることがなかったので」

テティスが眉尻を下げてそう言うと、ノアはテティスの手を力強く握り締めて、小さく頭を振った。

「——テティス。努力をすれば夢は叶うだなんて無責任なことを、俺は言ってあげられない。だけどね、君が言った『それくらい』のことを、毎日続けることは、決して当たり前ではないよ。努力をずっと続けてきたテティスは、偉い。……だからテティスは凄いんだよ」

「…………っ」

ノアの言葉が、スッと胸に落ちてくる。じんわりと全身が熱くなって、それは、目頭にも影響を及ぼした。

(こんなふうに言ってくれたの、ノア様が初めてだ……)

——無駄な努力、無能は何をしても意味がない、早く諦めろ。

そんな言葉を並べ立てられ、自身の夢を、もはや存在さえも認められなかったテティス。

下唇を噛みしめながら、テティスは込み上げてきそうなものを必死に抑えて、ノアと視線を交えた。

まるでノアのことを睨み付けるような表情になっているが、そうでもしないと、零れ落ちてしまいそうだったから。

「ノア様、話を聞いてくださってありがとうございました」

「礼を言うのはこちらの方だ。テティスの大切な話を聞かせてくれてありがとう」

ふんわりと微笑むノアに、テティスはふと見惚れてしまう。

（ノア様は、なんて素敵な人なんだろう）

筆頭魔術師であり、公爵でありながら、テティスの夢を肯定するだけでなく、その努力に気付き、凄いと言ってくれた。

ノアが一体どういう意図で、テティスの夢について深掘りしたのかは定かではなかったけれど、ノアの言葉は、確実にテティスの心の傷を癒やしていった。

「そうだテティス。研究については協力できなかったが、一つ君に提案があるんだ」

「提案ですか……？」

未だに手を握られながら、テティスは聞き返す。

名案だというような表情を見せて口を開くノアを、テティスはじぃっと見つめた。

「今度、魔物の森に定期調査に行くことになっているんだが、テティスも参加してみるかい？　ヒルダ嬢とは別の結界魔術師が帯同することになっているから、勉強になるかもしれないだろう？」

「……！　是非、是非行きたいです！　けれど、何の力や資格のない私が参加しても良いのでしょうか？」

基本的に魔物の森に入れるのは、結界魔術師を含めた魔術師と、騎士、国の上層部が入る必要があると認めた者のみだ。

テティスはそれのどれにも当てはまっていないので、どういう体《てい》での同行になるのかを尋ねた。

「ああ、今回は俺と、結界魔術師の二人だけだから、黙っていれば問題ないよ」

「えっ⁉　それって良いのですか……？」

「今回帯同してくれる結界魔術師と俺は旧知の仲でね、話が分かる奴だから大丈夫。もしもあいつが口を滑らせてバレても、筆頭魔術師の俺に誰も文句は言えないよ」

「な、なるほど……？」

職権乱用では？　と思いつつも、ノアが構わないと言うなら甘えようと、テティスは小さく頷く。

（ノア様があいつと呼ぶということは、帯同なさるのは男性のセドリック様かしら）

ヒルダ以外の結界魔術師は男女一名ずつの計二名だ。一応セドリックの名前は知っているものの、実際目の前で彼の結界の技術を見たことがなかったテティスは、胸が躍る。

緊張していたテティスの面持ちは、いつの間にか柔らかな笑みへと変わっていった。

「貴重な機会をいただいて、ありがとうございます、ノア様……！」

「君が喜んでくれるなら、これくらいのことなんでもない」

そう言ってノアはようやく立ち上がると、テティスから手を離して、その手を今度は彼女の頬へと滑らせた。

「えっと、ノア様……？」

「ああ、すまない。テティスの笑顔が可愛くて、つい」

「……っ」

そんな甘い言葉も、ノアがヒルダのことを好いていなければ、心の底から喜べるだろうに。

（だめよテティス、贅沢になってはいけないわ。こんなに屋敷で大切にしてもらって、調査にも連れて行ってもらえるのだもの。ノア様が向けてくださる優しい笑顔や甘いお言葉は、全て私がお姉様の代わりだからということを、悲しく思うだなんて）

――それは、自惚れというものだ。

テティスはその後、ノアとのお茶会を再開すると、再び会話に花を咲かせた。

ただ、ノアが笑顔になるたび無性に、胸が苦しかった。

第六章　ノアの気持ち

二人きりのお茶会の日の夜。

ようやく仕事が終わり、自身の屋敷へと帰ろうとするリュダンを捕まえたノアは、半ば無理やりソファへと座らせた。

片手に酒のボトルを持ったノアは、有無を言わさぬ瞳でリュダンに視線をやる。

「ノア、悪いが今日は疲れてるんだ……」

「一杯付き合え。上司命令だ」

「職権乱用で目も当てられないな」

そう言いつつも、付き合いの長いリュダンには分かっていた。

こうやってノアが酒を誘ってくる時というのは、何か話したいことがあるのだと。

ノアもノアで、リュダンが自身の要求を飲んでくれることは分かっているので、彼の好きな酒を自らグラスに注ぎ、そっとローテーブルに置く。

自身も同じ酒を一口呷ってから、愛おしい人のことを思い出しながらノアは口を開いた。

「実はなリュダン。何故俺が婚約を申し入れたのか、テティスは知っているみたいなんだ」

「ほう、つまり？」

「察しが悪いな。つまり、十年前のあのことをテティスは覚えていてくれたってことだ」

「嬉しくてどうにかなりそうだ」という声は淡々としているのに、ノアの頬はティスのことを話すたびに緩んでいく。

カラン、とグラスの中の氷が音を立てた。

「そりゃあ、良かったな。十年前となると、当時ノアは八歳とかか？」

「ああ、当時ティスは七歳だったんだが、今思い出しても天使のような可愛さだった」

今と変わらぬ菫色の美しい髪の毛に、素朴さの中にキラリと光る上品さがある面持ち。ふんわりと微笑む姿なんて、本物の天使と見まごうほどの美しさだった。

そこに十年という月日が重なり、洗練された美しさが纏われているティス。

あまりに魅力的な姿に成長したティスに、ノアは十年越しの対面に胸が痛いほどに高鳴ったのは記憶に新しい。

「久々に再会したら、美しさに磨きがかかっていて本当に驚いたよ。ドレスは何を着ても似合うし、甘いものを食べる姿は俺が彼女を食べてしまいたくなるくらいに可愛いし、今日なんてあんなに積極的に声をかけてくれて……」

ふわりふわりと花を飛ばすようにして語るノアに、リュダンは片側の口角を上げて、呆れたように声音を漏らした。

「二個目のやつ、ツッコんだ方が良いか？」

「事実なんだから仕方がないだろう」

「……はいはい」

「それに、テティスは努力家で凄いんだ。毎日毎日、夢のために努力を絶やさずに――」

そこで、プツン、とノアの言葉が途切れた。

「…………ノア?」と、酒を呷っていたリュダンが不思議そうに声をかけると、先程までの柔和な雰囲気から一転して、尋常ではなく殺気立ったノアの眼光がそこにはあった。

おもむろに立ち上がり、窓の外にその視線を向けたノアが、ゆっくりと口を開く。

「――それなのに、どうしてそんなテティスが、無能だと罵られ、酷い扱いを受けなきゃいけないのか」

リュダンがテティスの護衛のためにアルデンツィ伯爵家へ行った時、見送りは誰も来なかった。

サヴォイド邸で自身の部屋に案内されたテティスは、壊れたものがないと喜んでいた。

これらのことをリュダンとルルから聞き、そしてノアは、「こんな素敵なドレスは着たことがない」というテティスの発言を自ら耳にした。

「分かっていたつもりだった。テティスが姉と比べられて、実家で肩身が狭い暮らしをしていることも、頼る人が居ないことも」

貴族界隈には知れ渡るほど、テティスはヒルダと比べられて軽んじられてきた。その中でも家族たちの存在は、彼ら彼女らの言葉や態度は、テティスにとって一番辛かっただろう。

ノアは、それを分かっていたけれど、直ぐにテティスに手を差し出すことは出来なかった。

「仕方がないだろう。二年前、ノアの両親――前公爵と夫人が不慮の事故で亡くなるまで、お前は隣国に留学してたんだ。学園で魔術の勉強をするのも忙しかっただろうし、物理的に距離があるんじゃあ、助けたくてもどうしようもないだろ」

リュダンのその言葉は事実だ。しかし、ノアは三日月を眺めながら、下唇を噛み締めた。

「それに、アノルト王国に戻ってきてからは父親の代わりに直ぐに公爵の爵位を継いで激務だったし、同時に筆頭魔術師も兼任しているんだ。いくらティティスのことが気掛かりだったとしても、手が回らなかったのは仕方ないだろう」

公爵として、領民を飢えさせるわけにはいかない。貴族との横の繋がりも大事にしなくてはならない。

筆頭魔術師として、魔術に関する報告は全て頭に入れなくてはいけないし、有事の際には必ず駆け付けなければいけない。

そんな中でも、ノアは自身の体力が擦り切れながらでも、いつも頭の片隅にはティティスの姿があった。

「それでも、実際にティティスと再会して……彼女の口から今までの生活の様子を窺える言葉を聞くと、後悔せずにはいられない。……俺は何よりも早く、ティティスをあの家から連れ出さなければいけなかったんだ」

そうすれば、少しくらいはティティスが傷付かずに済んだだろう。夢を否定されることも、少しは減ったかもしれない。

今日の昼間、自信なさげに夢について語ったティティスを思い出し、ノアは奥歯をギリと噛み締める。

すると、リュダンがゆっくりとした足取りでノアの隣まで歩いて来る。人一人分空いた距離に立ったリュダンは重低音の声で「少なくとも」と呟いた。

「……公爵として、筆頭魔術師として、しっかり地に足をつけて万全の状態にしてから、テティスを迎えたお前のことを、俺は凄いと思うがな」

その言葉は、しっかりとノアの耳に届いたらしい。

奥歯を噛みしめるのをやめ、やや肩の力が抜けたノアの、ちらりと隣のリュダンへと視線を移した薄い菫色の瞳が、それを物語っていた。

「………………お前に褒められても、嬉しくない」

「ひっどい奴だな」

「……よし、飲み直すか。あと二時間は付き合え。因みにずっとテティスの素晴らしさについて語るから、そのつもりで」

ノアのまさかの発言に、リュダンは「一杯だけ付き合うっていう話はどこへ行ったんだ……」と愚痴りながらも、結局はノアが満足するまで席を離れることはなかった。

第七章　ドキドキ、デート日和

次の日のこと。テティスはいつものルーティーンを終わらせてから、ノアと共に朝食を摂っていた。

野菜をふんだんに使ったサラダに、とうもろこしを使った温かなスープ、少し塩味のあるベーコンに、ふかふかのもっちりとしたパン。どれもこれも実家に居た頃には決して食べられなかったものだが、最近ようやく驚かなくなった。

おそらく、多少はここでの生活に慣れてきたからだろう。

とはいえ、口に入れてしまえばその美味しさに、毎回過度なほど感動してしまうのだけれど。

「ノア様……！　今日のスープは特に美味しく感じます！　とうもろこしの質が良いのはもちろん、シェフの方が時間を掛けてじっくりと煮込んでくださっているのが伝わります……！」

「テティスにそれだけ喜んでもらえたらシェフも嬉しいだろうな。……それに、君が幸せそうで俺も嬉しい」

「えっ⁉　あ、アリガトウゴザイマス……？」

「ははっ、テティス、カタコトになってるよ？　そんなとこも可愛いね」

「……っ」

ノアの甘い言葉に反応が困る。嬉しいけれど、自惚れてはいけないのだと思うとどうして良いか分からず、とりあえずテティスは俯いた。

その時、クスッと穏やかな笑みを浮かべたノアは、テティスがべた褒めしていたスープを飲み込んでから、テティスに話しかけた。

「ねぇテティス、今日の午後からって時間はあるかい？」

「時間……ですか？」

（今日……というより、毎日時間ならたっぷりあるのよね）

実はテティスは、公爵邸に来てからというのも、毎日穏やかな時間を過ごしていた。

起床してからジョギングや読書、魔力操作のルーティーンを行い、朝食を摂る。それからはまた読書をしたり、少し屋敷を散策したり、それこそヒルダに出来るだけ成り切ってノアに会いに行ったり。とはいえ、ノアが忙しいことを重々承知しているテティスは、ルルに事前に確認して、ノアがあまり切羽詰まっていないタイミングに会いに行くのだが。

（……って、そんなんじゃだめじゃない！　だってヒルダお姉様は相手の迷惑なんて考えないもの。そういう欲求に忠実なところが、きっとノア様から見れば魅力なのに……って、今はとりあえず置いておいて！）

昼食を摂ってからも、午前中とほぼ同じことをして、ときおりルルにお茶に付き合ってもらうくらいだろうか。体力に余裕がある時はまたジョギングをすることもあるが、大体書庫にこもっていることが多い。この屋敷の書庫は魔法に関する本が豊富で、毎日足を運んでも次々と読みたいものが見つかってしまうのである。

（夕食後湯浴みをして直ぐに眠ってしまうし……そのおかげで毎日八時間は眠れて、何だかお肌が綺麗になった気がするわね）

――とにかく、テティスは公爵邸に来てからというもの、そんな生活をしていたので、時間を持て余すことはないとはいえ、予定が詰まっていることなんてなかった。

というのも、本来ならばテティスは将来公爵夫人になる身として夫人教育を受けなければならなかったのだが、三ヶ月の婚約期間の間は屋敷に慣れることに専念してくれればいいからとノアに言われたからであった。

そんなノアの気遣いに反論などするはずもなく、テティスはそれを受け入れたのだけれど。

（私が日々多忙じゃないことはノア様は存じているはずなのに、時間があるかどうか確認してくださるのね……なんて優しいんでしょう）

テティスはそんなことを思いながら、「一日中大丈夫ですよ」と答えれば、ノアは色鮮やかな花を飛ばすようにして、パァッと笑顔を見せた。

「良かった！　それなら今日の午後からデートをしない？」

「はいもちろんで――えっ、デート？」

◇◇◇

ノアからデートに誘われたテティスはその後、一旦部屋に戻ってデートに行くための準備をしていた。

ドレッサーの前に座り――否、ルルに強制的に座らされたテティスは、背後で何とも機嫌が良さそうな彼女の姿を鏡越しにちらりと見やる。

「領内の湖に行かれるんですよね⁉　そうすると、爽やかなワンピースに、日除けの帽子も被りますものね！　……それだと髪型は帽子の影響を受けないものにしなければ！　完全に私にお任せしていただいて良いのですよね⁉」

「え、ええ……！　お願いね、ルル……！」

デートの準備をするとなってから、ルルは異常にテンションが高い。テティスを着飾るのが好きな彼女は、いつもより腕によりをかけられると気が昂ぶっているのだろう。朝一に軽く化粧を施したのだが、どうやらそれもやり直すつもりらしい。

「ルル、何もそこまで気合を入れなくても……ある程度動きやすい格好ならば何でも構わな――」

「何を仰っているんですか！　旦那様とテティス様の初めてのデートですもの。お手伝いさせてくださいませ」

「ルル……っ、分かったわ！　ありがとう……！　お願いするわね……！」

そこまで言ってくれるのならばと、テティスはその後一度化粧を落としてから、新たに化粧を施してもらい、ワンピースに着替え、そして髪の毛を結ってもらった。もちろん、帽子や靴もルルがセレクトしてくれたものだ。

全てをやりきったルルは、ふぅ～と一息ついてから、うっとりとした瞳でテティスを見つめて、力強く拍手をした。

「テティス様！　我ながら最高の出来です！　とっても可愛らしいですわ……！」

「す、凄いわルル……！　自分で言うのもなんだけれど、とっても可愛らしい仕上がりだわ！」

化粧の変化はよく見ないと分からないかもしれないが、チークや口紅の色がいつもよりもオレンジ色に近く、顔全体が元気な印象になっている。因みに、下地にはしっかりと日焼けを予防するクリームを塗ってくれているらしい。

（細やかな気遣いが出来るなんて、さすがはルル……！）

ワンピースは、白色の生地に水色の糸の刺繍が入っている、清楚で可愛らしいものだ。袖口は繊細なレースが付いており、動くたびにひらひらと揺れるそれには、テティスもうっとりとしてしまう。

「因みに、私事ですが、一番のポイントは髪の毛のアレンジです！」

「これ凄いわよね……！　本当にこの髪型可愛いわ……」

まず髪を二つにざっくり分けて、耳辺りの髪の毛と一緒に編み込んでいく。その先は三つ編みに変えて水色のリボンで縛り、最後に編み込みと三つ編みを少しだけ崩してふんわりとすれば、幼く見えすぎない可愛らしいテティスの出来上がりだ。

つばの大きい帽子も、この髪型ならば互いに邪魔をすることはない。ルルの手腕にテティスは脱帽するばかりだ。

「ありがとう、ルル、本当に」

「いえ、テティス様に喜んでいただけて何よりです。では、そろそろ約束の時間ですから、正門まで参りましょう。もう馬車の手配も済んでいると思いますので」

「ええ、そうね。行きましょうか」

そうして、テティスはルルとともに正門まで行くと、二つある馬車の内の、装飾が豪華な方の馬車前で待機していたノアの下へ向かう。因みに、一つはノアとテティスが乗る馬車で、もう一つがルルや従者が乗る馬車だ。

（あら、ノア様はこちらに気付いていないみたいね）

駁者と話しているためこちらに気付いていないノアにテティスは駆け寄ると、「お待たせして申し訳ありません……！」と声を掛けた。

するると、テティスを視界に捉えたノアは一瞬瞠目してから、ポツリと呟いた。

「可愛すぎる」

「はい……？」

いきなりのノアの発言に驚いたテティスだったが、ノアの褒め言葉はこれだけに留まらなかった。

「化粧はいつもと少し違うね。普段も素敵だが、今日もとても可愛らしい。ワンピースもとても似合っているし、テティスの白い肌に良く合っている。今の髪型は初めて見たけれど、可愛すぎるから定期的にやって見せてほしい」

「あ、あの、ノア様……？」

ノアはテティスを褒めちぎると、彼女の後方で控えるルルに視線を寄越した。

「ルル、良くやった。これからも定期的に色々なテティスを見せてくれ」

「かしこまりました、旦那様」

何やら通じ合うものがあるのか、見つめ合って同時に頷いたノアとルルに、テティスは素早く目を瞬かせた。


それからテティスはノアと共に馬車に乗ると、領内にある湖まで向かうことになった。

湖まではおおよそ三十分ほどで、その間ノアは「疲れていないかい？」「酔いは大丈夫？」「少しでも辛い時は言ってね」ととても気遣ってくれた。

そんなノアに大丈夫だからと答えつつ、他愛もない話をすると、ときおり見つめ合って二人で頬を綻ばせる。

（……ノア様、楽しそうで良かった……）

ノアの本来の想い人にはなれないけれど、彼が少しでも笑ってくれるのならば、幸せそうならばそれに越したことはない。

（今日のデート、ノア様にもっと笑ってもらいたいな。楽しんでもらいたいな。それが私に出来る、唯一のことだもの）

そんなことを思いながら、テティスは再びノアと会話を弾ませると、心からの笑みを浮かべる。

ずっとこんな時間が続けば良いのになんて身分不相応な願望は持ってはいけないと、自分自身をきつく律しながら。

「わぁっ！　とっても綺麗ですね……！」

目的地に到着したテティスは、ノアに支えてもらって下車すると、視界全面に広がる湖に感嘆の声を漏らした。

今まで見たことがないくらいの大きな湖はダイナミックで、太陽の光に反射してキラリと光る水面がなんとも美しい。

ときおり魚が跳ねる姿や、そこに波紋が映る様子にも目を奪われた。

「気に入ったかい？　テティス」

「はい……！　とっても！　ノア様さえ良ければ、湖の周りをお散歩したいです……！」

「もちろん構わないよ。あ、けどその前にいくつかこの周辺について説明しておくね」

今にも走り出しそうなテティスを引き止めて、湖とは逆方向を指さすノア。

その指先の方向を見つめれば、テティスは「あれが！」とまたもや目を見開いた。

「ノア様、あちらにある建物がサヴォイド公爵家の別邸ですか？　別邸とは思えないほど大きな作りですね……！」

「先代公爵である父が妻――つまり俺の母のために作った別邸なんだ。母は昔からこの湖を眺めるのがとても好きだったみたいでね。本邸からはさほど離れていないんだが、母を溺愛する父がこの場所に別邸を建てさせたんだよ」

「まあ、そうだったのですね……！」

今朝湖に行こうと言われてから、執事のヴァンサンに湖の場所や別邸があることは聞いていたものの、この地に別邸が建てられたのにそんな理由があっただなんて。

（ふふ、ノア様のご両親は仲が良かったのね）

テティスがそんなことを考えていると、ノアが話を続けた。

「あの別邸は定期的に掃除をさせてあるから綺麗だし、必要なものも揃ってる。だから、もし疲れたり、休みたかったりしたら、直ぐに言うように。室内から見る湖も美しいしね」

「はい……！　ありがとうございます……！」

それからノアは、これはデートだからお前たちは離れていろ、とルルや従者に伝える。そしてテティスの傍に寄ると、彼女の腰に腕を回したのだった。

「ひぇっ……⁉」

突然のことにテティスは素っ頓狂な声を上げ、体を弾ませる。ノアはそんなテティスに対してクスクスと笑みを零してから、少し腰を屈ませて、上目遣いで彼女を見つめたのだった。

「湖を回っている間、こうやってしていても構わない？」

「……えっ、あの……！」

「せっかくのデートだからくっついていたいんだ、だめ？」

「～～っ⁉」

初めての場所、美しい湖を前に高揚しているからなのか、それともノアに触れられているからなのか、はたまた上目遣いのせいなのか。

激しい音を立てる心臓は、周りの音が聞こえないくらいに騒がしい。

それなのにどこか心地良さもあって、けれどずっとこのままなのは心臓が持ちそうになくて、テティスは必死に頭を働かせると、躊躇いがちに話した。

「えっと、この体勢は恥ずかしいので、もう少しだけ、その……」

「……ああ、そうだね。それじゃあ、腕組みなら良いかい？」

どこか嬉しそうに、そんな提案をしたノアに若干違和感を覚えたテティスだったけれど、腰に腕を回されるよりは腕を組む方が幾分か密着度合いでいくとマシなはずだと、テティスは迷うことなく「あっ、はい！　それなら大丈夫です！」と答えた。

その直後、「はい、どうぞ」と言いながらノアが腕を差し出してくれたので、そこに自身の腕を絡ませた、のだが。

（待って⁉　密着具合は多少マシかもしれないけれど、自分から腕を絡ませなければいけない分、もしかしたらこの方が恥ずかしいのでは……⁉）

ハッと気付いたテティスは、ノアの顔を見ようと横を向く。そして、やっぱり腕組みもなしにしてほしいと伝えようと思ったのだけれど。

「テティス行こうか。楽しみだね」

「は、はい……」

ふわりふわりと花を飛ばすようにして微笑むノアの姿に、テティスは口が裂けても腕組みをやめたいとは言えないのであった。

それから約一時間後。

「テティス、俺はこのままずっと歩いていても良いけど、もう少し見て回りたい？」

「正直、ここまで広いとは思っていなかったというのが正直な感想というか……」

「そうだね。徒歩は無謀だったかも」

たわいのない話をしながら湖の周りをゆっくり散歩するのはとても楽しいのだが、如何せんまだ湖の半分にも到達していなかった。

この湖の周りを徒歩で一周するのは些か大変では……？　という結論に辿り着いたテティスたちは、もう少し進むか、スタート地点に戻るかどうしようかと話し合う。

「進むにしても戻るにしても、俺はテティスと一緒なら構わないよ。それに疲れたなら抱いて歩いても良いし」

「……！　いえ、そこまでは疲れていません……！」

「そこまでってことは、多少は疲れてるよね？　抱っこが嫌ならおぶろうか？」

「……っ!?　自分で歩きます……!!」

話が進まず、これからどうしようかとテティスは頭を悩ませる。すると、ノアも少し考える素振りを見せてから、「そういえば」と話を切り出した。

「もう少し先にボートが停めてあった気がするな」

「ボートですか？」

「ああ。昔両親とよく乗ったんだが、ヴァンサンが定期的にボートのメンテナンスをしているから、今も乗れるはずだ。ボートなら湖を横断できるし、より近くで湖を感じることも出来るが、テティスはどうしたい？」

ノアの問いかけに、テティスは目をキラキラとさせて答えた。

「ノア様さえ良ければ、ボートに乗ってみたいです‼」

「うっ……ワクワクしているテティスも可愛い……」

悶えるノアに、そんなノアの声も聞こえないくらいに興奮しているテティス。

二人はその後、タイミングを合わせたかのように、ボートのところまで歩き出した。


「見てくださいノア様……！　お魚が沢山居ます！　あっ、あっちには何だかあざやかな色のお魚がいますよ！　見えますか？」

二人乗りのボートに乗ったテティスは、興奮冷めきらぬ様子で、体を横にして水面を覗き込んだ。

まるで水底が見えるのではないかというくらいに透き通った水の中で泳ぐ様々な魚たちを見ていると、こうも胸が躍るのは何故なのだろう。

ノアは一旦オールをボートにかけると、体を少しだけ捩《ねじ》って水面を視界に捉えた。

「ああ、見えているよ。綺麗だね」

「はい！　とっても！　ノア様、こんな素敵な場所に連れてきてくださってありがとうございます……！　それに、ボートまで、って……あ」

「……？　どうしたんだい、テティス」

そこで、テティスはノアの傍にあるオールを見て、さぁっと顔が青ざめた。

（わ、私ったら……ここに来てからついつい盛り上がりすぎてしまって、当初の目的をすっかり忘れてしまっていたわ……！　このデートではノア様が少しでも日々の疲れが取れるように上手く立ち回らないとと思っていたのに……！）

というのも、テティスは今朝、別荘にある湖を観にデートに行こうと誘われてそれを快諾した。これがショッピングや、テティスの好みに合わせたミュージカルを観に行こうというものだったならば、ヒルダの代わりの婚約者の分際でこれ以上ノアに世話になるわけにはいかないと断っていただろう。だが、別荘はノアが既に所有しているものだし、道中は三十分程度。湖をゆったり眺めるのであれば、人混みに揉まれることもないし、少しは癒やされるかもしれないと思ったのだ。

公爵として、更に筆頭魔術師としての仕事で多忙なノアには、出来るだけ負担をかけたくない、可能ならば疲れを取ってもらえたら、とテティスは考えていたのである。

（それなのに……実際は何てことでしょう……かなり長時間歩かせてしまったし、ボートではオールを漕いでもらって……）

むしろ疲れさせてしまっているのは間違いないだろう。しかも、そんな中で一人はしゃぐ自分を見てノアはどんなふうに感じていたのか、そんなことまで考えてしまったテティスの表情はみるみるうちに曇っていった。

「……テティス？」

「申し訳ありません……ノア様……」

「……！　何に謝っているの？　俺が何かしたかい？」

「いいえ、そうではなくて、あの、一つお願いがありまして……！」

悪いと思ったのなら行動に移すべきだ。今ここで、ノアに休んでもらうために出来ることは何だろう。

そこでテティスは、ノアの傍にかけてあるオールを奪取し、自身がオールを漕げば、多少はノアを休ませることが出来るのではないかと考えて、早速行動に移すことにした。

だが、テティスは人生初めてのボートで、勢いよく立ち上がることがどれほど危険なのか、分かっていなかったのだ。

「きゃあっ……！」

「……っ、テティス……！」

テティスが立ち上がった瞬間、ぐらりと揺れるボート。そのままボートは傾いて、テティスは前方に身体が倒れた。

（落ちる……！）

訪れるだろう衝撃に、テティスはギュッと目を瞑る。

（………。あれ？）

しかし、ボートから落ちて水面に叩きつけられる衝撃は疎《おろ》か、水のひんやりささえ感じなかった。その代わりに、力強く手首を掴まれていて、次の瞬間、温かい腕に包まれていたのだった。

「……っ、ノア、様……っ」

「突然立ち上がるから驚いた。あー……ほんとに、間に合って良かった……」

「……っ」

ノアの手によってボートに引き戻され、テティスはノアの腕の中で、正座のような格好でしゃがみ込む。

今にも飛び出そうなほどの素早いノアの心臓の音が、彼の胸元に顔を埋めているテティスにはダイレクトに届き、迷惑をかけてしまった申し訳なさで、テティスは眉尻を下げた。

「ご迷惑をおかけして、申し訳ありません……っ」

こんなつもりではなかったにせよ、ノアに迷惑をかけてしまったことは事実だ。だから、せめて精一杯謝罪はしなければと、それならテティスは何度も謝罪の言葉を口にした。

「テティス、顔を上げて」

すると、丁寧に腕を解かれ、穏やかな声色でそう言われたテティスは、ゆっくりと顔を上げる。

そこには優しく微笑むノアの顔があって、そんな彼に頬を撫でられたテティスは、ぴくりと体を揺らした。

「俺は、テティスに何をされても迷惑だなんて思わないよ」

「そ、んな……わけ……」

「これが、困ったことに本当なんだ。ただ、心配はするから、もう無茶しないようにね。分かった？」

そんなふうに優しく諭されたら、頷く以外の選択肢はなかった。

テティスがごめんなさいの代わりにありがとうを伝えれば、ノアはふわふわと花を飛ばすようにしてニッコリと微笑んだ。

「分かってくれたらそれで良いよ。……それで、どうして急に立ち上がったのか教えてくれるかい？」

「それは、ですね……是が非でもオールが欲しかったと言いますか……」

「是が非でも」

ぽかんとした顔をするノアに対して、テティスは誠実であろうと今回のデートを受けた訳や、本当は疲れた体を癒やしてほしかったこと、だからせめてボートを漕いでノアにゆっくりしてほしかったことなどをポツポツと話し始める。

ノアの反応といえば、キョトンとした顔から少しずつ笑みをたたえ、最終的には口元を隠すようにしてニヤケ面を隠そうとしているように見えた。

「そうか……。だからオールを取ろうとしていきなり立ち上がった、と……」

「はい。理由は何にせよ、心配をかけてしまったこと、本当に申し訳ありません」

「……まあ、確かに心配はしたんだけどね。だが、あまりにもテティスが可愛いことを言うから、今は顔がニヤつくのが止まらないことに困ってるよ。……俺からデートに誘ったんだから変な気遣いはしなくても構わないとも思うんだが…………。テティスに気遣ってもらうのがこんなに嬉しいとはね」

そう言ってくしゃりと微笑んだノアがテティスの頭を優しく撫でる。そんな顔をされると、自身の中の罪悪感が少しだけ薄れた気がした。

「テティス、俺のために色々と考えてくれてありがとう。だけどね、正直俺は、君と一緒に居られるだけで十分癒やされているし、テティスが笑っただけで、疲れなんて吹っ飛ぶんだよ」

「……っ」

魚が飛び跳ねて、ぴちゃんと上がる水しぶき、キラキラとした水面に浮かぶ波紋。初めての経験をしたことへの高揚と、ノアのことを知るたびに確実に増えていく胸の高鳴り。

「ははっ、今日は特に、幸せな日だな……」

薄っすらと目を細め、愛おしいものを見ているみたいに柔らかく微笑むノアの顔を、直視できなかったのは、一体何故なのだろう。恋を良く知らないテティスには、それはまだ分からなかった。

第八章　いざ、魔物の森の調査へ

サヴォイド邸にやって来てから、早二十日。

今日の午後は、以前ノアから同行を許された魔物の森の調査に出向く予定になっている。

――コンコン。

「テティス、準備は出来たかい？」

「ノア様！　はい、準備万端です！」

魔術師専用のローブを身に纏い、自室を訪れてくれたノアに、テティスもノアが用意してくれたローブを羽織り、軽く頭を下げる。

ノアが用意してくれたローブは、どうやら彼のお古らしい。

というのも、決してノアが新品のローブを準備するのを渋ったのではなく、魔術省から支給されるローブがこの国では一番頑丈に作られているからである。

通常、魔術省に勤める者しかこのローブは着られないのだが、今回はごく少人数での調査であることと、テティスのいざという時の身の安全を考慮して、筆頭魔術師になりたての頃に着ていたものを用意してくれたのだ。

「ノア様、着てから言うのもなんですが、本当にお借りしてもよろしいんですか？　私、結界魔術師でも、魔術師でもないですし……」

「構わないよ。テティスの安全の確保が一番大切だからね。それにしても……自分が着ていたものを君が着ていると思うと……くるな……」

「来る？　何が来ます？」

噛み合わない会話をしていると、執事のヴァンサンがノックをして部屋に入ってくる。

「馬の準備が整いました」との報告を受けたテティスとノアは、一瞬互いに顔を見合ってから、部屋の外に出たのだった。

乗馬の経験がないと事前に伝えてあったため、テティスはノアの前に座って相乗りさせてもらうこととなっていた。

馬に対して横座りになると、手綱を掴むノアの腕に包み込まれたような体勢になり、一瞬胸がドキリとする。

「テティス、危ないからもう少し俺にもたれ掛かって。出来ればもう少ししがみつくというか、抱きついてもらえると尚安定して有り難いんだが、良いか？」

「は、はい！　では失礼しますね……！」

ここで変に遠慮して落馬する方が、後々ノアに迷惑をかけてしまうことは想像に容易かった。

テティスはガバっとノアの上半身にしがみつくと、ピタリと体を密着させる。

自身の想定以上にテティスに抱きつかれたノアは、表情には出さなかったがドクドクと心臓が音を立てた。

その音は彼の上半身にしがみつくテティスの耳にも届いていたけれど、テティスがそれを指摘することはなかった。

（ノア様……私のことをお姉様として接してくださってるから、密着をしたことで緊張をしているのかもしれないわね……それに、私も……）

自身の心臓の音はノアに聞こえていないだろうか。不安になり、少し距離を取ろうとするが、そんなテティスにノアは「離れちゃだめだよ」と優しく制してくるので、身動きは取れなかった。

（こんな時お姉様なら、きっと自分の心臓の高鳴りが聞こえていないかなんて心配せずに、ノア様に甘えて、楽しく会話をするのでしょうね）

馬に揺られながら、しばらく会っていない姉――ヒルダのことを思い出したテティスは、それなら実践しようかと一瞬思うものの、それは叶わなかった。

（何故かノア様と二人きりのお茶会が終わってから、お姉様に似せることが出来なくなって――ううん、やりたくないって、思ってしまったのよね……）

テティスは不遇な人生を送ってきたため、たとえヒルダの代わりとしてでも大切にしてくれるノアに恩を感じていた。

だから、せめて彼の心の傷を癒そうと、お茶会の後もときおり言動をヒルダに似せてみたりもした。

（けれど、そのたびに胸が苦しくなるんだもの。ただの胸焼けならば、良かったのに……）

――胸が苦しくなる原因に、テティスは気付いていない。

気付いていないから対処のしようもなく、ノアが優しく話しかけてくれるたびに、気遣ってくれるたびに、原因である『とある感情』はどんどん膨れ上がっていくことにも、また無自覚だった。

(……何にせよ、ノア様はお姉様のことが好き！　それが事実で、私はそんなノア様の心を、お慰めするだけ)

テティスは、そうやって自身の心に反芻させる。

「テティス？　さっきから黙ってどうかした？　怖い？」

とはいえ、今だって、ヒルダに寄せる努力をせずとも、ノアは労りの言葉をかけてくれる。それなら、ノア自らが望むまでは自分のままでいよう。

テティスはそう胸に刻んで、小さく口を開いた。

「いえ、ご心配ありがとうございます。大丈夫です」

「そう？　絶対無理はしないようにね」

ノアの言葉に小さく首を縦に振ったテティスは、しがみついた体勢のまま、ほんの少しだけ彼の背中あたりのローブをギュッと握り締めた。

(もう集中よ。しゅ、う、ちゅ、う！　こんな機会滅多にないんだもの。しっかりしなさい私！)

魔物の森に到着するまで、後三十分程度。

弾むように揺れる馬上でしっかりしろと自身に言い聞かせたものの、「仕事中なのにこんなに幸せで満たされているのは初めてだ」だなんて言ってくるノアの言葉に、テティスは頬を赤らませ「ありがとうございます……？」と返すので精一杯だった。

その瞬間、ノアの背後に回されたテティスの手首に嵌められているブレスレットが、今までよりも強く輝いていることに、テティスもノアも気が付かなかった。

それからしばらくして。

魔物の森には何箇所か人工的に作られた入り口があり、魔術師等が入るために整備されたその入り口の前で馬を止めたノアは、抱き抱えるようにしてテティスを下ろすと、先に着いていた男に声をかけた。

「セドリック、えらく早いな」

——セドリック・レインバーグ。

まん丸の瞳に、陶器のような肌。ピンク混じりの長いブロンドヘアを一つに纏めた、結界魔術師の中で最年少の十五歳の少年である。

ノア曰く、両親同士が知り合いだったことから、割と昔から付き合いがあるらしい。

初めてその姿を目にしたテティスは、内心で美少年……と思いつつ、ノアの斜め後ろで無意識に姿勢を正した。

「仕事なんだから早めに来るのは常識でしょ。……で、その後ろのパッとしない女がノアの婚約者？」

「お前のその馬の尻尾みたいな髪の毛、今すぐ燃やしてやろうか」

「実力行使反対！　僕の美しい髪の毛をチリチリにしたら、結界張ってやらないからね!!」

ノアが右手からブワッと炎を出すものだから、テティスは慌ててノアのローブを掴む。

振り向いて「冗談だよ」と穏やかに笑うノアに安堵したテティスは、ツンケンした雰囲気のセドリックの前にまで行くと、ローブを摘んでゆっくりと頭を下げた。

「テティス・アルデンツィと申します。ご存知の通り、ノア様と婚約させていただいております。本日はよろしくお願いいたします」

「……僕はセドリック・レインバーグ。セドリックで良いよ。ノアから話は聞いてるから一緒に来るのは構わないけど、せいぜい邪魔はしないでよね。あんた魔力が少なくて、結界魔術はおろか、普通の魔術もまともに使えないんでしょ？　完全に足手まといなこと自覚して」

ふんっと鼻を鳴らすセドリックに、ノアはスタスタと近づくと至近距離で彼を睨みつけた。

「セドリックお前な――」

「何さ、事実でしょ」

「は？　テティスのことを良く知らないで知ったふうなことを言うな。それにテティスを連れてきたのは俺の判断だ。お前は昔から――」

バチバチと、ノアとセドリックの間に火花が見えたテティスは、おろおろと目を瞬かせた。

（ま、まずいわ！　今から調査だというのに喧嘩だなんて……！）

昨日の段階から、セドリックは口が悪く、思ったことをずけずけという性格だということは聞いていたので、テティスはセドリックに対して驚きはなかった。

最近ではノアを含め周りが優しすぎたため、貶《けな》されたことは多少ショックだったが、事実ではあるし、今まで言われ慣れてきているので、別に構わない。

（でも、口論なんてだめ‼　でしょ‼）

調査の前に喧嘩をするだなんて、言語道断だ。

魔術師でもないテティスが口を挟むのはどうかと思ったものの、口論になった原因も自分が付いてきたことにあるのだからと、大きく息を吸い込んだ。

「あの‼」

「「！」」

睨み合っていたノアたちが一斉にテティスを見る。

テティスは、両手でローブの腰辺りの布をギュッと握り締めながら、大きく口を開いた。

「私！　お二人の邪魔は絶対にいたしませんからご安心ください‼　お邪魔にならないところで、セドリック様の高度な結界魔術が見たいだけなのです‼　是非この私に、お勉強をさせてくださ い‼　お願い致します‼」

ガバッと、テティスは深く頭を下げる。

そんなテティスにノアはかけ寄って頭を上げるよう言う中、一方でセドリックはどこかバツが悪そうに眉間にしわを寄せた。

「もう良いや。なんか馬鹿らしいし」

セドリックはそう言うと、どこか意味ありげな視線をノアに送る。会ったばかりのテティスにはその意図は読めなかったけれど、どうやら口論は一旦落ち着いたらしかった。

「………仕方がない。夜になると魔物も活性化するだろうから、調査を始めよう。テティス。悪いが、それで良いだろうか？」

「はい！　もちろんです」

ノアの表情から、まだ少し納得いかない様子は窺えたものの、テティスはそんな彼の背後に回ると「早く、早く行きましょう」と焦ったように呟く。

（うう、多分今、顔が赤くなってる……）

ノアの考えはどうあれ、セドリックの言葉からノアが庇ってくれたことが嬉しくて、それが顔に出てしまったテティスは、顔の火照りが取れるまで俯いたままだった。

森の中に入ると、しばらくは物音一つないほどの静寂さに包まれていた。

ノアとセドリックは慣れっこなようで平然としているが、テティスはこの異様な静けさが嵐の前を想像させ、本能的に背筋が粟立った。

そんな様子のテティスの隣を歩くノアは、数メートル前を歩くセドリックには聞こえないように、彼女の耳元に顔を近付けると吐息混じりの低い声で囁く。

「テティス、少しだけ手を握っても良い？」

「……えっ」

「ほら、不安な時でも誰かの手を握ると安心出来るだろう？　今日は少し緊張しているから、テティスに緊張をほぐす手伝いをして欲しいんだ。だめか？」

柔らかな表情に、落ち着いた声色。緊張している様子には見えないノアに、テティスは彼の要求の意図を悟ることが出来た。

（ノア様……。私が緊張していると分かって……それで……）

しかし、テティスに対して緊張しているかを問えば、テティスは同行させてもらっている手前、迷惑は掛けられないと首を縦に振ることはしなかっただろう。

ノアがそこまで見越して、手を繋ぐことを申し出てくれたのだと思うと、テティスの胸はきゅうっと締め付けられた。

「はい。手を繋いでください、ノア様」

「ああ。ありがとうテティス」

ノアの気遣いに対する感謝と、自身の汗ばんでいるかもしれない手が彼の手に包まれる。

これら全てはヒルダの代わりだから与えられている現実なのだと思うと、胸が苦しくなるけれど、テティスは小さく頭を振った。

（もう、良いや。しばらくお姉様のことを考えるのは止めましょう。テティス《私》ではヒルダ《お姉様》の代わりは務まらないって、ノア様がはっきり仰るまでは。それまでは、この幸せな気持ちに、浸っていたい。感情に、素直でありたい）

そう決めたテティスは、ノアに包まれた左手にキュッと力を込める。

頭一つ分以上高いノアの顔を、上目遣いでじっと見上げて、自身の素直な感情を伝えることにした。

「ノア様と手を繋げて、嬉しいです。大きな手に包まれて、とても安心します」

「…………！」

驚いたノアの表情は一瞬で、すぐさま彼は普段通りの穏やかな表情へと戻る。

「不意打ちは狡いな……」とボソリと呟いて、明後日の方向に顔を向けたノアの顔が真っ赤に染まっていたことを、テティスは知らなかった。

しかし、そんな穏やかな時間は長く続かなかった。

「ちょっとノア。何体か魔物が出て来たから、さっさとその緩んだ顔引き締めなよ。今日の目的はこの森に住む魔物が異常な繁殖をしていないかの調査で、出来るだけ広範囲を見なきゃいけないんだから、さっさと始末してよね」

結界魔術師と比べ、通常の魔術師は、それなりの魔力を持っていれば誰でもなれる可能性はある。

だからアノルト王国において魔術師というのはそれほど珍しい存在ではなかったが、筆頭魔術師ともなれば話は別だった。

一年前の小国との間で行われた戦争では、その筆頭魔術師一人の力によって、アノルト王国は無傷で勝利を勝ち取ったのだ。

ノア・サヴォイドは、小国ならば一人で壊滅させられるほどの力を持つ、歴代でも最強と言われる魔術師なのである。

「セドリック、この数なら周りに被害を及ぼすことはないと思うが、念のために俺の周辺に結界を張っておいてくれ。テティス、君はセドリックから離れないようにね」

「はいはい。あんたはこっちね」

「は、はい！　ノア様、頑張ってください……！」

セドリックにぐいと手を取られ、テティスとセドリックはノアと五十メートルほど距離を取る。そこでセドリックは自身の手の周りに魔力を溜めると、今度は薄く薄く引き伸ばしていく。それはノアを中心にして約半径五十メートルの大きさにまで広がっていった。

つまり、魔物とノアを結界内に閉じ込めた形になる。

アノルト王国ではさほど強力な魔物が出現しないことと、ノアの場合は圧倒的な魔法の威力は周りにも被害が及ぶ可能性があるため、結界はこのように使われることが多かった。

「ノア！　範囲が狭い分、強度がある結界だから、それなりの魔法使っても良いよ！」

「ああ、助かる」

ヒルダ以外の結界魔術師を間近に見たことがなかったテティスは、セドリックのその姿を食い入るように見つめる。

ノアを中心に出来た結界は、素人目に見てもかなり質が高いものだ。魔力にむらがなく、結界に綻びがない。

（お姉様の結界と、全然違うわ……）

それはかなり前のこと。まるでテティスへ見せつけるように、ヒルダは必要がない時でも何度もテティスの前で結界を披露したことがある。

結界魔術自体が使えないテティスからしてみれば、使えるだけでヒルダのことは凄いと思って

いたのだが、セドリックの結界魔術を見ると、その考えが変わってしまいそうだ。

「――ノア様の属性は確か、火と水。その二つの属性に対してより強化する術式を結界に加えているのに、結界が驚くほどに均一……。強度も高くて、あのノア様の魔法を完全に受けきれている。凄い……セドリック様、なんて凄いの……」

無意識なのだろうか。目をキラキラさせながら、ぶつぶつと結界魔術について語り、セドリックに対して称賛を送る斜め後ろのテティスに、セドリックは一瞬瞠目してから「あのさ」と声をかけた。

「申し訳ありません……！　たまに口が止まらなくなる時がありまして……！　結界を張るには集中力が大事ですものね⁉　集中力が切れて結界が乱れてしまっては大変……！　私、黙っております……‼」

「いや、そうじゃなくて」

「別にこの程度の規模の結界なら、話すくらいなら問題ない」と続けたセドリックは、気まずそうに横目でテティスを見た。

「あんた、結界魔術について詳しいんだね」

「はい！　笑われてしまうかもしれませんが、昔から結界魔術師になるのが夢で、魔法や結界魔術についての本はほとんど読み終えましたので、知識だけはあります！」

今までならば、こんなふうに自身の夢を、そして努力を堂々と語ることなんてなかっただろう。けれど、テティスには、つい先日大きな変化があったから。

（あの時ノア様が凄いって褒めてくださったから、私は自分が夢を持つことを、誇りに思えるようになった）

真っ直ぐな瞳を向けてくるテティスに、セドリックは結界魔術を発動し続けながら、ポツリと呟いた。

「……さっきは、ごめん」

「えっ？　もしや、足手まといだと言ったことに関して謝ってますか……？」

「そうだよ！　それ以外に何があるのさ」

察してよね！　とバツ悪そうに言ってくるセドリックに、テティスは口をあんぐりと開けてしまう。

言い方はともあれ、セドリックの言っていることは間違っていなかったし、今まで数多く貶されてきたテティスは、こんなふうに謝られることなんてほとんど経験がなかったから。

「い、いえ！　そんな、謝らないでくださいませ！　私は何も気にしておりませんから！」

「それじゃ僕の気が済まないから謝ってるの。分かる？　で、許すの？　許さないの？」

「え、ええ！　もちろん許しますとも！　ありがとうございますセドリック様！」

「何に対する感謝？」

ノアの戦闘がもうそろそろ終わりそうな様子も視界に収めつつ、セドリックは「なんか変な女だね、あんた」とクックツと喉を鳴らす。

「謝罪ついでに、言い訳をさせてくれない？」

「は、はい。どうぞ」

「実は昨日、あんたの姉――ヒルダ嬢と僕で、魔物が現れたっていう報告を受けた洞窟に結界を張りに行ったんだけど……」

その洞窟は、とある集落に程近い場所にあった。

魔物の強さや数などの詳細もなく、念のためにということでヒルダとセドリックの二人が、結界魔術師として招集された。

「結界魔術師ってさ、同じ任務を受け持つことってあまりないんだよね。今みたいに魔物と魔術師を囲うにしたって、守るべき人や建物を囲うにしたって、それほど大事じゃなければ一人で行うし。だから、ヒルダ嬢の社交界での華やかな噂とか、第二王子殿下が婚約者ってことは知ってたけど、彼女の人となりとか結界魔術の実力については今まで一切知らなくてさ」

同じ魔術省に勤めていても、互いに多忙ということも重なって、まともに会話したのが昨日が初めてだったと語るセドリック。

いくらずけずけ物を言うセドリックとはいえ、ほぼ初対面で、これから任務を共にする相手とは意思疎通が図れるよう、適当に雑談をと付き合ったらしいのだが。

「僕びっくりしたよ。天才だとか、選ばれた人間だとか、自分のことをそこまで褒め称える奴が居るなんて。自分で言うのも何だけど、僕も彼女も結界魔術師になれたのは、そもそもその血筋に生まれたからなのに」

テティスとヒルダの生家、アルデンツィ家。

セドリックの生家、レインバーグ家。

そしてもう一人の結界魔術師、ネム・フィルストの生家、フィルスト家。

この三つの家系が、代々結界魔術師を輩出してきた名家と言われている。もちろん、ときにはテティスのようにほとんど魔力を持たなかったり、魔力があっても結界魔術師の素質がない者も生まれる。

「その割に、ヒルダ嬢の結界魔術のお粗末さと言ったら――しばらく、呆れて開いた口が塞がらなかったよ。あれは才能にかまけて一切修行や勉強をしていないね。正直、ああいう口だけの奴が僕は大嫌いだ。結局、彼女の結界では役に立たない局面も多くて、僕に負担がかかることも多かったからなおさらね。しかも、一言も謝らないんだよ、あの女。というか、結界魔術師として半人前の実力だって自覚してないって感じ」

それでも、誰もヒルダに苦言を呈することはなかった。

第二王子の婚約者で、希少な結界魔術師のヒルダに、わざわざ嫌われにいく者は居ないからだ。

セドリックに関しては、あまりに呆れてものも言えなかっただけだが。

「…………」

セドリックの発言に、テティスは申し訳なさそうに眉尻を下げる。

――セドリックの予想は当たっていた。

ヒルダは生まれ持った才能にかまけて、それを伸ばす努力は一切していなかったことは、近くで彼女を見てきたテティスが一番知っている。

セドリックの結界魔術と比べるとそれは歴然で、おそらくヒルダは全力を出しても、今のセドリックの結界の半分程度の精度の結界しか出せないだろう。

（お父様とお母様は、お姉様を褒めて甘やかすだけで、もっと精進するよう言わなかったし……。お姉様は自分と私を比べて常に自信満々だったから）

だからこそ、ヒルダは自信過剰を自覚出来ないような人間になってしまったのかもしれない。テティスが知らないだけで、セドリックや周りの魔術師に迷惑をかけていたことが、今までにもあったのかもしれない。

そう思うと、テティスは何だか自分のことのように申し訳なく思えてきた。

「申し訳ありません……姉がご迷惑をおかけして……」

「何であんたが謝るのさ！　むしろ謝るのは僕の方なんだって。言ったでしょ？　言い訳させてって。……僕は、ヒルダ嬢に腹を立てていたから、妹のあんたに八つ当りしたんだ。あんたは何も悪くないよ。……もう一度言うけど、あんたはあの女とは違う。傲慢でも自意識過剰でもなければ、夢のために努力してるっていうのが、さっきの会話だけでも分かる。魔力があろうがなかろうが、努力する人間が貶されるなんてあっちゃいけない。……だから、姉妹ってだけで八つ当たりして酷いことを言って、本当にごめん」

いつの間にやらノアは戦闘を終えたらしい。それを確認したのか、セドリックは結界を解いてから、深く腰を折った。

「分かりましたから！　もう十分ですから！　許しました！　そう！　もう許しましたから！

頭を上げてくださいセドリック様……！」

「……ふふ、謝られる側が焦んないでよ。変な女だね、テティスって」

「……！　今、名前を……」

（ずっと、あんたって呼んでいたのに……）

これは、セドリックなりの歩み寄りなのかもしれない。

憧れの結界魔術師の一人であり、ノアとも長い付き合いのセドリックと気まずいのはどうにかしたかったテティスは、嬉しくてふんわりと微笑んだ。

「テティスって、笑うと意外と――」

しかし、何か言いかけたセドリックの言葉の続きは、テティスの耳に届くことはなかった。

「――セドリック。もう話は終わっただろ。さっさとテティスから離れろ」

「ノア様……！」

戦闘を終えたノアが、二人の間に割って入り、セドリックのことを氷のような目で見下ろしていたからである。

「悪いが、話は聞かせてもらったよ、セドリック。森に入る前、お前が意味ありげな顔をしているから、テティスに対する態度には何か理由があるんだと分かっていたが――もう謝罪が済んだなら良いよな」

（ノア様、なんだかいつもより声が低い……？）

それに威圧的で、空気もピリついているように感じる。

しかしテティスからはノアの背中しか見えず、セドリックの姿も高身長のノアによってすっぽり隠れてしまっていて、彼らの様子を窺い知ることは出来なかった。

「……あーごめんって、ノア。そんなに怒んないでよ」

「………………」

「……ハァ。パッとしないって言っても怒るし、褒めようとしても怒るし、面倒くさい男だなぁ」

セドリックはそう吐き捨てると、上半身を右に逸らして顔をひょっこりと出す。そして、テティスに向かってニヤリと笑って見せた。

「テティス、あんまり僕と話してるとノアはヤキモチ焼いて機嫌悪くなっちゃうみたい。機嫌取ってあげてよ、婚約者のあんたの仕事でしょ？」

「っ、おい、セドリック……！」

ノアが声を荒らげると、その瞬間、セドリックは瞬く間に自身を包み込むように結界を発動させる。

避難完了と言わんばかりに口角を上げ、ノアに対してべっと舌を出したセドリックを視界に収めたテティスは、くるりと振り返ったノアの顔にすぐさま視線を移した。

「テティス、すまない。ヤキモチは焼いたが、機嫌は悪くないから安心してくれ」

「……っ、は、はい」

――いや、ヤキモチ焼いたことは素直に言うんかい。

セドリックは内心そんなふうに思ったものの、待ち合わせ場所に来た瞬間から、ノアがテティスのことを溺愛していることは分かっていたので、おかしな話じゃないかと自身を納得させる。

そんな中、テティスはあまりに素直すぎるノアに対して、なんと答えたら良いのか分からず困り果てていた。

（な、何て返すのが正解⁉　ノア様可愛い～とか？　いや違う‼　じゃあセドリック様とは何もありません、とか？　いやそれ、なんかわざわざ言うと後ろめたいところがあるみたいな……ああ、どうしましょう……！）

ヒルダのことが頭にちらついて切ない気持ちにならないわけではなかったけれど、あまり考えないようにすると決めたからか、テティスの表情に影はない。

その代わりに、ノアの真っ直ぐな言葉へのうまい返答が見当たらず、挙動不審な態度で「えっと⁉」「あの⁉」「あら⁉」なんて素っ頓狂な声を上げると、ノアがテティスの頭にぽんと手をやった。

大きくて美しい手でよしよしと頭を撫でられ、テティスは突然のことに息が止まりそうになる。

「本当に機嫌は悪くないよ。それと、セドリックからきちんと謝ってもらえて、良かった。まあ、謝らなかったら後であの髪の毛を燃やしてしまおうかと本気で考えていたんだが」

ノアの発言に、結界の中という安全圏にいるセドリックは「冗談に聞こえないんだけど」とボヤく。

一方で、テティスは自身の両手同士を擦り合わせながら、おずおずと口を開いた。

「申し訳ありません……機嫌が悪いのかもと疑って、変な態度を取っていたんじゃないです」

「……？　理由を聞いても？」

（代わりは務まらないと言われるまでは、私が彼の婚約者だもの。ノア様には、私の素直な気持ちをお伝えしたい）

柔らかな菫色の髪を撫でながら平然としているノアだったが、次のテティスの言葉に、まるで氷漬けにされたかのように動きを止めたのだった。

「ノア様にヤキモチを焼いてもらえたのが、嬉しくて、言葉が出なかったのです」

「…………‼」

ヤキモチを焼くというのには、その原因はいくつか種類があるだろう。

しかし、今回の場合は、状況的に考えればその意味を知るのは容易い。

それの相手がノアなのだから、嬉しいのはなおさらだった。

「ノア様？　いかがされました？　ハッ！　もしや怪我でも⁉　それか魔力の使い過ぎで気分が悪いのですか⁉　いやいや、ノア様ほどの方がそんなはずは……」

固まるノアに、テティスはあわあわと慌て出し、そんな二人の様子にセドリックは堪えきれずに、ぷっと笑ってしまう。

その破裂音がノアの耳に届いたのだろう。ノアは鋭い眼光でセドリックに一瞥をくれてから、テティスの頭にあった手を引っ込めて、自身の口を隠すように翳した。

「……あまりに可愛いことを言うから、固まってしまっただけだよ。……今日のテティスは積極的で、少し困る」

「困る⁉　困らせて申し訳ありません……！　私ったらなんてことを！」

「いや、俺自身の問題だからテティスは悪くない。やめないでくれ、頼むから」

「そ、そうですか？」

懇願するように頼むことそれ即ち、テティスの素直な気持ちをこれからも聞きたいということだ。

（貴方にとって私がお姉様の代わりであっても、私は凄く嬉しい……）

今度はテティスが頬を真っ赤に染めて、体を強張らせる番だった。

そんな二人の様子を結界の中からじいっと見ていたセドリックは、軽く息を吐いてからぶっきらぼうな声色で声をかけた。

「ねぇ、そろそろその甘ったるい雰囲気終わってくれる？」

「⁉　セドリック様、申し訳ありません……！」

「これは全てはセドリックが――いや、テティスの可愛いところを見れたからまあ良い。お前こそさっさと結界を解除しろ」

「誰のせいだと思って」

髪の毛を燃やされるかと思って結界を張っていたのだが、テティスのおかげでノアの機嫌が頗《すこぶ》る良いので、もう大丈夫だろうと思ったのか、セドリックは結界を解くと二人の近くまで歩いていく。

ノアにこの場を任せるとテティスに甘い言葉ばかりを吐き続けそうなので、「それにしても」とセドリックは話題を切り替えた。

「惜しいよね。テティスがヒルダ嬢くらい魔力があれば、優秀な結界魔術師になれたかもしれないのに。血筋としては素質を持ってる可能性はあるし、何より勤勉で努力家だし」

「そうだな。まあテティスの価値についてはお前より先に俺が気付いていたんだが」

「マウント取らないでよ、ちっさいな」

「は？」

また口論を始めそうなノアとセドリックだったが、テティスは急いで二人の間に割って入ると、それを諌める。……しかし。

（ああだめ、そんなに褒められたら、顔がニヤけちゃう……！）

締まりのない顔になってしまって、それを我慢しようとすると顔がぷるぷると震えてしまう。

そんなテティスの様子を察したノアは「可愛い」と言いながらふわふわと花を飛ばし、セドリックは「はいはい」と呆れたようにため息をついた。

（けど本当に、もっと魔力があれば……）

セドリックに言われた言葉が、テティスの脳内で復唱される。

もしも魔力が多ければ、もしも結界魔術が使えれば――。

（ノア様に、お姉様の代わりとしてではなく、少しは私自身を見てもらえるかもしれないのに）

贅沢な願いだということは分かっていても、テティスはそう願ってしまう。

──すると、その瞬間だった。

「テティス、君のブレスレットが……」

「えっ……。なに、これ……」

ノアに指摘されたのは、自身の手首に嵌められたブレスレットの、見たことがないほどの眩い光だ。今までこのブレスレットからは微かな光しか見たことがなかったテティスは、呆然と立ち尽くした。

「……まさか、魔力が膨れ上がっているのか？」

「ねぇノア。テティスの手首にあるの、魔力量を測るブレスレットだよね？　今まで魔力が少なかったんだったら、その光り方は……もしかして後天的な魔力増加なんじゃ──」

ノアとセドリックの戸惑いの声はしっかりテティスの耳に届いていた。

しかしテティスには、気の利いたことを返す余裕はなかった。

というのも、テティスはブレスレットの眩いほどの光に驚いているだけではなく、自身の中で感じたことがないほどの魔力が湧き上がる感覚を覚えたからだった。

（……この、感じは……もしかしたら）

その時テティスは、本能的に悟ったのだろう。祈るように自身の手に魔力を溜め、そしてそれを薄く引き伸ばすことに意識を集中させた。

（私にも結界魔術が使えるかもしれない……！　お願い……っ！）

そして、その瞬間はテティスが祈った直後に訪れた。

「で、きた……？」

テティス、ノア、セドリックの三人を囲うほどの結界は、テティスによって作り出されたものだ。それは紛れもなく、テティスが結界魔術を発動できたことの証明だった。

「うそ……出来た……っ！　私にも、結界魔術が使えた……！」

テティスは動揺と同時に喜びが溢れ出し、目をキラキラと輝かせる。その一方、ノアとセドリックは突然の出来事に言葉をなくして、ただただ瞠目したのだった。

第九章　ヒルダの名を叫ぶ人物とは

「ねーえ、リーチ様。そろそろお仕事はやめて私とお茶しましょうよぉ！　することがなくて暇になってしまいましたわ！」

「……。ああ、うん、今終わるから少しだけ待っていて」

「もう！　仕方ありませんわね！」

ここは王宮の一室。リーチ・アノルト――アノルト王国の第二王子であり、ヒルダの婚約者である彼の部屋である。

今日、魔術省への出勤がなかったヒルダは、婚約者だから構わないだろうと、なんの先触れもなくリーチの部屋に入った。そして居座ると、仕事ばかりにかまけている彼に駄々をこねていた。

(せっかく婚約者の私が来てあげてるんだから、仕事なんて直ぐにやめてほしいものだわ。まあ、それを怒らずに、こんなふうに可愛く言えるから、私は凄いのだけれど)

まるで淑女の鑑だわ、と言いたげな瞳を、ようやく向かいの席のソファに腰を下ろしたリーチに向けるヒルダ。

侍女が手早くリーチの分の紅茶と、ヒルダの分のおかわり用の紅茶を準備する中、「そういえば」と口を開いたのはリーチだった。

「かなり前、私が君に一読するよう貸した魔力のコントロールについての本だが、そろそろ読んだかい？」

「いえ？　読んでいませんわ」

「………。それは何故か聞いても？」

（その本を借りたのは、もう三ヶ月前だったかしら。読んだか聞くの、もう何回目よ。そろそろ察してほしいわ。突き返さないだけ優しいってことにも、気付いていないのね）

半年ほど前から婚約者になったリーチは、ヒルダに魔力のコントロールについて、もしくは魔法の基礎や結界魔術の必要性についてつらつら述べた本を定期的に貸してきた。

会う時は必ず、以前貸した本は読んだか確認され、そのたびにヒルダの答えは変わらなかった。

（ほんと、リーチ様って、真面目で勤勉といえば聞こえは良いけれど、それを私にも求めてくるのはどうかと思うわ）

元からリーチは勤勉で、ドがつく真面目な人間だ。

将来国を背負う第一王子を支えるのが私の使命、と思っているようで、公務以外の時間は勉強に割くことが多かったが、いかんせんヒルダには理解が出来なかった。

「リーチ様、私は結界魔術師ですのよ？　忙しいのは分かっているでしょう？　私が居なくては現場が困ってしまいますの。ですから、大して為にならない読書をして、体調を崩すわけにはいきませんでしょう？」

「結界魔術師が多忙だというのは分かっている。しかし君は週の半分を休暇に当てているだろう。あと二人の結界魔術師は、月に三日も休みがないと聞くが」

「それは…………」

ヒルダは一瞬言い淀んだが、すぐさま反論を口にした。

「その二人が私より劣るから、仕事が長引くのではないですか？　もしくは、私のように優秀な結界魔術師になるために、自ら多くの仕事を引き受けているとか。ほら、凡人でも数をこなせばそれなりになりますでしょう？」

「…………。そうか」

会えば仕事の話。本を読んだかの確認。今日だって、忙しいからしばらく待ってくれと一時間放置された。

酷い時は、「私のところに来るくらいなら、結界魔術の練習でもした方が有意義ではないか？」と言われたことだってある。

（先触れは出していなかったけれど、私がわざわざ来たのよ？　美しくて優秀な結界魔術師の私が！　結界魔術の練習？　天才の私にそんなもの必要ないに決まってるじゃない。……全く）

リーチが自分よりも勉強を優先することも然り。両親に天才だと言われて育てられてきたヒルダからすれば、リーチの発言自体が理解に苦しかったのだ。

自身のプライドもあることから、社交界ではリーチとは仲睦まじい関係であることを披露しているヒルダだったが、そういうこともあって、ヒルダは今の状況に不満を持っていた。

そもそも、この婚約は王家側からの打診だ。

アノルト王国での結界魔術師の重要さをより民に知らしめるため、というのが一番の理由らしく、その結界魔術師である自身が、何故こんな思いをしなければならないのか。ヒルダの不満はふつふつと湧いてくる。

（私が婚約してあげたんだから、私を一番大切にしなさいよ。天才だって褒め称えなさいよ。勉強？　練習？　努力？　そんなの、テティスみたいな無能がすることよ）

しかし第二王子との婚約は捨てがたい。自身の経歴にも傷を付けたくない。

奥歯をぎりと噛んでから、ヒルダはすぐさま麗しい笑みへと切り替えた。

「ねぇリーチ様。一旦仕事の話はよしましょう？　せっかく婚約者の私が目の前に居るのですから」

「…………。そうだな」

「そもそも、何故そんなに勉強をなさっているの？　第一王子殿下をお支えしたいというリーチ様の思いは立派だと思いますが、勉強や努力なんて、才能を持ち合わせない哀れな者のすることでしょう？　リーチ様は第二王子で私の婚約者なのだから、少しは私のことを考えていただきませんと」

「…………。――――だった」

「え？」

何かボソボソと呟いたリーチ。

ヒルダが聞き返すと、柔和な笑顔で何でもないと返され、ヒルダはそれならば良いやと気にすることなく、テーブルの上にある紅茶で喉を潤す。

「だが、最後に一つだけ確認したい。最近、結界魔術師のヒルダを出せと、魔術省の入り口まで何度もやって来る平民が居るらしいんだが、君の耳にも届いているか？」

「ええ。けれど心配いりませんわ。おそらく私のことを好く哀れな男性の一人でしょうし」

「…………それなら、良いんだがな」

何か含みのあるリーチに気付かず、ヒルダは「あっ」と何かを思い出したように声を上げた。

「そんなことよりリーチ様、今度の夜会はご一緒出来るのですよね？」

「ああ。必ず出席しなければならないからね。おそらく上級貴族のほとんどが来ると思うが……」

「と、いうことは、サヴォイド公爵家も当然参加されますよね？」

リーチがコクリと頷けば、ヒルダは「まあっ！」と嬉しそうに笑う。

まさに満面の笑みというに相応しいその表情の奥に、どこかどろどろしたものをリーチは感じたが、それを口にすることはなかった。

「たしかこの夜会は、可能な限り婚約者を同伴するのが決まりでしたでしょう？　だから、ノア様の下へ行ったテティス――妹と久しぶりに会えるのかと思うと……ふふ、楽しみで」

ヒルダは社交界の花である。というのも、その整った派手な容姿と、貴重な結界魔術師であるからだ。

だが、ヒルダのことを性格の良い女性と見る人間は、貴族の中にはおそらく居ないだろう。

「――そう。それは良かったね」

というのもヒルダは生まれ持った結界魔術の才能に並々ならぬ自信を持っており、それを持って生まれなかった妹――テティスを馬鹿にすることを隠さないからだ。

ほとんどの者たちは、ヒルダに合わせてテティスを馬鹿にする。だが、その内心は姉妹なのだから、そこまで言わなくともというものと、ヒルダは結界魔術師じゃない全ての人を馬鹿にしているのでは？　というものだ。

とはいえ、貴族には長いものには巻かれろ精神の者が多いのが実情である。

「ノア様に良くしていただいているか、沢山話を聞かなくっちゃ、ふふ」

「…………」

ヒルダを知らない人からすれば、まるでテティスを心配しているようなこの発言も、リーチからすれば、彼女の性格の悪さが滲み出ている他ならない。

リーチは仕事に戻るため立ち上がると、隠しきれていない厭らしい口角の上がり方をしたヒルダに視線を寄越した。

「……あー、楽しみだわぁ」

まるで悪魔のようだ。そんな思いは胸に秘め、リーチは先程、ヒルダにうっかり言ってしまいそうだった言葉を、脳内で復唱した。

――君との婚約は、失敗だった。

第十章　練習、練習、練習……！

　魔物の森の調査の次の日。

　急ぎ仕事を終わらせて帰宅したノアは晩餐時、人払いをしてから、いつもと比べてややぼんやりしているテティスに声をかけた。

「テティス、今日は一日どうだった？　試してみたかい？」

「はい。その件なのですが……」

　テティスは昨日、突然、魔力量を測るブレスレットが眩く光り、かつ結界魔術を発動することが出来た。

　それは昨日だけの突然の能力だったのか、それとも日を跨いでも出来るのかを検証するため、ノアが魔術省に行っている間、テティスは部屋に籠もって結界魔術が発動するか実験をしていたのである。

「今日も結界魔術は作動しました。そこで結界の強度や範囲、発動回数を調べるために何度も試したら、あんなに出来るとは思わなくて少し疲れてしまいました……」

　――ああ、だから少しぼんやりしているのか。

　そう納得したノアは、食事を摂りながら、テティスが試した結界魔術についての詳細を聞いていく。

そこで、テティスの証言から、彼女の魔力がかなり増えたことを確信したノアは、おもむろに口を開いた。

「おそらく後天的に魔力が増加したことで、元から素質は持っていた結界魔術の能力が使えるようになったんだと思う。だが、突然魔力が増えた原因が分からないし、これが永久的に続くかも分からない。もう少し何か分かるまで、この件は俺とテティス、セドリック、そしてリュダンの四人だけの話にしようと、今日セドリックと話していたんだが、構わないだろうか？　騒ぎ立てても何も分からないじゃ、研究員たちが謎の解明に期待した分落ち込むだろうし」

「はい！　もちろんです。因みにどうしてリュダン様にもお伝えになるんですか？」

結界魔術が初めて出来た時は、その場にリュダンは居なかったはずだ。テティスはそう思って問いかけると、ノアは「あいつはあれでも優秀だからね。結界魔術師ではないが、魔力の扱い方という点に関してはテティスの役に立つかもしれないから、空いた時間はアドバイスするよう伝えておくよ。それにあいつは秘密を言いふらしたりしないから」と話してくれた。

（ふふ、ノア様ってリュダン様にも結構辛辣なところがあるけれど、やっぱり信頼していらっしゃるのね）

少し照れくさそうにリュダンのことを話すノアに、テティスは頬を綻ばせた。

「ありがとうございます、ノア様。私、まさか本当に自分が結界魔術を使えるようになれるなんて、今でもどこか夢のようで……リュダン様にもご指導いただいて、より精度の高い結界魔術が使えるように、頑張ります！」

そう意気込めば、ノアは小さく微笑みながらも、無理をしないか心配だなぁと呟いた。

「それにしても、一体何でなんでしょうね……?」

話が一段落ついた頃。改めて自身の魔力がどうして増えたのかを不思議に思ったテティスは、疑問の中にどこか嬉しさを孕んだ表情を見せた。

長年、魔力が少ないことで辛い目に遭ってきたのだから、ついついテティスの喜びが溢れてしまうのは当然の反応だろう。ノアは、そんなテティスの喜びが自分のことのように嬉しかったのか、頬を綻ばせた。

「テティスが嬉しそうで俺も嬉しい。これで、夢にかなり近付いたな」

「ノア様……」

我が事のように喜んでくれるノアに、テティスの胸はドキドキと音を立てる。

努力を凄いと褒めてくれるだけでも、言い表せられないほど嬉しかったというのに。

(こんな素敵な人、もっと……)

テティスの中で、ノアに対するとある感情がより一層大きくなっていく。

しかし、ノアはそんなこととは露知らず、頬杖をつくと不満げな表情を見せた。

「本当はリュダンには頼らずに、俺が手取り足取りテティスに魔力の扱い方を教えてあげたいんだけどな」

「えっ……それはどういう……」

「ん?　だってほら、自分の婚約者が他の男と仲良く話しているかもしれないと思うと複雑だろ

う？　もちろん、テティスのこともリュダンのことも信頼しているから、本気でどうこうなると
は思っていないけどね。……ただの、つまらない嫉妬だよ」
「……っ」
面と向かってそんなことを言われたテティスに、上手く返しが出来るようなスキルも経験もあ
るはずはなく、熟した苺のように顔を真っ赤に染めたまま固まっている。
「照れてるのかい？　テティス。あー……本当に可愛いな、俺の仕事は全部俺リュダンに押し付
けて、やっぱり俺がテティスに色々教えようかな」
「～～っ、それは、ダメです……！　きっとリュダン様が困ってしまいます……！」
「……そう？　それは残念」
不満げな表情はどこへやら。何やら満足そうに、それでいて少し意地悪そうな顔でそう呟いた
ノアに、テティスの中のとある感情が、より一層膨れ上がる。
（私はお姉様の代わりで、愛されてなんかいない。分かってる……分かっているわ。けど……こ
んな態度をされたら、私……っ！）
そう、内心でテティスが吐露した時だった。突然、手首に嵌めてあるブレスレットが瞬く間に
光りだした。
「えっ、どうして……！」
「……っ、これは昨日よりも……！」
二人の驚きの声と同時に、その眩い光は収まっていく。

テティスは戸惑いの瞳でノアと目を見合わせた。

「もしかして、また魔力が増えたのでしょうか……？」

「あり得るな。……光の強さが魔力量を示すが、昨日よりも眩かったとすれば、やはり――」

テティスはゴクンと喉を動かしてから、手を胸の前辺りに持って、ノアに目配せを送る。

テティスが何をしようとしているのかを察したのか、ノアはコクリと頷いたので、テティスは昼間に幾度とやった結界魔術を発動させた。

「やっぱり、昼間に全力で張った結界よりも、強度も範囲も増しています……！　昨日今日で私の技術がそれほど向上するとは思えませんから、やはりこれは……」

昼間は、自身の部屋を覆う結界を作るのでやっとだった。

しかし今は、ダイニングルームだけではなく、テティスの感覚で屋敷の半分ほどは覆えるほどの結界が張れるようになっている。

今までの努力のおかげか、結界を発動するまでの時間も短く、結界に乱れもない。

強度も上々で、ヒルダたち結界魔術師の結界を近くで見てきたノアからしても、テティスの結界は中々に良い質だった。

「テティス、この結界を毎回出来そう？」

「何度か試してみないことにはなんとも……。継続時間や、魔力の限界量も知らないので、また色色と試してみます！」

「ああ、無理だけはしないようにね。絶対だよ」

絶対を強調され、ノアに心配されているのだと思うと嬉しくなって、テティスの頬がポッと色づく。

けれど、先程までの緊張や動揺はなく、そのまま控えめに頷くと、そんなテティスにノアは嬉しそうにふわふわと喜びの花を咲かせたのだった。

「あ、そういえば一つ、報告というか、確認があるんだが良いか？」

「はい、何でしょう」

「今度、ほとんどの上級貴族が参加する夜会のことなんだが……」

夜会での話なら、今朝ルルから少し聞いていたので、テティスは先読みして問いかけた。

「私も参加するかどうかということですか？」

「ああ。一応可能な限りは婚約者を同伴するようにとはなっているが、別にテティスが嫌なら――」

「いえ、行きますわ。行かせてください！」

まさかテティスがそう言うとは思わなかったのだろう。

ノアは僅かに瞠目してから理由を問いかけると、テティスは少し顔を背けてから恥じらいだ表情を浮かべた。

「ノア様となら、大丈夫ですから」

「……！」

テティスは今まで、社交界で針の筵だった。

突然の魔力増加についても今はまだ公にするつもりはないことから、おそらくそれは今度の夜会でも変わらないだろう。

否、ノアの隣に居る時は直接何かを言ってくる者は居ないだろうが、その代わりにひそひそと陰口を言われることは増えるかもしれない。

ノアはそのことが分かっていたので、いくら貴族の務めとはいえ、テティスを無理やり夜会に連れて行くなんてことはしたくなかった。

テティスが不安に思うようなことは、可能な限り排除したかったのだ。

「それは、どうして？」

「そ、それはその。ノア様と一緒なら、きっと夜会は楽しいと思いますし……。それにその、正装姿のノア様も見てみたいと言いますか……」

「………！　テティス……君って子は……」

しかし今のテティスに、我慢したり、無理をしている様子はない。

どころか、言葉の端々が弾むように聞こえることからも、夜会を楽しみにしているような節さえ感じられた。

「なら、とびっきりお洒落しないとな」

「はい！　とっても楽しみです！」

「テティスのドレス姿も楽しみにしてるよ。まあ、テティスは天使のように清らかで可愛いから、何を着ても似合うんだが」

「〜〜っ」

ノアの言葉にテティスは言葉を詰まらせながら、それからの食事の時間を楽しんだ。

——のだけれど、テティスはその時、とある重要なことをすっかり忘れていたのだった。

そして、それを思い出したのは、ノアに夜会に誘われた二日後——夜会が開催される、二週間前のこと。結界魔術をより磨くため知識を得ようと、テティスが書庫を訪れていた時のことだった。

「おー、テティス！　今日も勉強してんのか？　お疲れさん」

「リュダン様！　お疲れ様です」

突然書庫に入ってきたリュダンに、テティスは丁寧に頭を下げる。軽く手を上げて爽やかな笑顔を見せたリュダンは、テティスの前まで歩いた。

「昨日は魔力操作の修行を目一杯やったっつーのに、今日は勉強かよ？　ノアから頑張りすぎるところがあるとは聞いてたけど、ほんとに凄いな」

「いえ！　手が空いた時に修行に付き合ってくださるリュダン様や、少しでも時間が空いたら様子を見に来てくれるノア様のためにも、もっと頑張りませんと！」

「……まあ、ノアが見に来てるのは半分俺の監視……いや、何でもねぇ」

「…………？」

（途中から聞こえなかったけれど、なんと言ったのかしら？）

疑問に思ったものの、リュダンの何とも言えない表情から聞かない方が良いだろうと判断したテティスは口を閉ざした。

するとリュダンは「あっ」と何かを思い出したように声を上げてから、そう言えばと話を切り出した。

「今度の夜会、テティスも参加するんだろう？」

「はい！　リュダン様も参加されるのですか？」

「ああ。せっかくの夜会だから、うまいもん食べたり、いっぱい踊って楽しもうな、テティス」

「そうですね。………あ」

今度はテティスが何かを思い出したようにポロッと声を漏らす番だったのだが、リュダンと違って声色に明るさはない。どころか、テティスの顔はどんどん青ざめていき、そんなテティスの変化に気付いたリュダンは「大丈夫か？」と問いかけたのだけれど。

「リュダン様、私、たった今とても大事なことを思い出しました……」

「なんかその雰囲気だと大丈夫じゃなさそうだな……」

そうしてテティスは、頭を抱えながら、振り絞るように呟いた。

「私……壊滅的にダンスが苦手なんです……」

「……。うん？　まあ、人にはそりゃあ苦手なことくらいあ――」

「いえリュダン様……！　私のダンスの実力は壊滅的に！　酷いんです！」

リュダンの言葉を遮るテティスの声は普段の可愛らしいものではなく、どこかおどろおどろしい。一体どこから出ているのだろうと思うくらいだが、リュダンは口には出さなかった。

その代わりに「どうしましょう⁉　あああ～」と言いながら、動揺をあらわにするテティスに、リュダンはさらっと言ってのけた。

「まあ、壊滅的に酷くても、ノアなら別に気にしな――」

「……それでも、ノア様には申し訳ないのです……！」

脳内に呆れた顔をするノアを想像し、テティスは勝手に落胆する。そんな中テティスは、ポツポツと話し始めたのだった。

「婚約者と一緒に夜会に出る場合って、絶対に一曲は一緒に踊らないといけないじゃないですか。筆頭魔術師であり、公爵でもあるノア様が婚約者と初めて参加する夜会でダンスをするだなんて、物凄く注目されると思うんです」

「……まあ、確かに。ノアのダンスなら会場中の貴族が注目するかもしれない」

「そう！　そこなんですよ‼　問題は‼」

カッと目を見開いて大きな声を出すテティスに対して、リュダンは一瞬肩をビクつかせる。

そんなリュダンに構わず、テティスは拳をギュッと握り締めて、必死の形相を見せた。

「おそらく私と婚約している時点で好奇の目を向けられるのに、私の目も当てられないようなダンスの相手なんてしたら、それこそノア様の評判に傷が付いてしまうかもしれません！　それだけはどうしても避けなければ……‼」

これは、非常に由々しき事態である。テティスの評判はもうこれ以上落ちるところなどないというくらいに下がっているから構わないが、ノアは話が別だ。

（どうしましょうどうしましょう‼　もうこの際夜会をお断りする⁉　いやでも、ノア様喜んでくださっていたし、優しいお方だから私が行かないなんて言ったら、ノア様も行くのをやめてしまうかも⁉）

それはあまりに申し訳がないし、もしかしたら招待状の返信は既に送ってしまっているかもしれない。とすると、テティスに残された道は一つしかないわけだが。

「リュダン様……やっぱり、私が人様に見せられる程度に上手くなるしかないです、よね……？」

「まあ、そりゃあそれが一番だけどよ、テティスだって練習してこなかったわけじゃないんだろ？」

リュダンの問いかけに、テティスは力強く頷いてから、気まずそうに目を泳がせた。

「はい。幼い頃はレッスンを受けました。あまりに下手くそだったので直ぐに先生が匙を投げまして……。そこからは個人的に練習はしていたんですが、酷くなる一方で……」

テティスがそう言うと、リュダンは腕組みをして少し考え始める。

一体何を考えているのだろうと思いながら、テティスがリュダンの言葉を待っていると、彼はいつもより落ち着いた声色で話し始めた。

「なるほどな。……それなら独自の癖がついてて余計に下手くそになってる可能性があるな。今からでもすんごいダンスが上手い奴に習ったら、多少はマシになるかも」

「え⁉　本当ですか⁉」

「ああ、直ぐに話をつけるから待っててくれ。因みにそいつは俺やノアとも付き合いがよくて、何だかんだ良い奴だから最後まで面倒見てくれるだろうさ」

「ありがとうございますリュダン様……‼」

──これで、ノアに迷惑をかけずに済むかもしれない。

自分のダンスの下手さを誰よりも理解しているテティスは期待半分諦め半分を胸に、リュダンのその話とやらを待った、のだけれど。

「……えっ、私にダンスを教えてくださるのって、まさか……」

二日後の午後、公爵邸に現れた彼の姿に、テティスは瞠目し、口をあんぐりと開けたのだった。


──話は、ダンスの講師がやってくる一時間前に遡る。

リュダンからダンスの講師が午後から来てくれると聞いたテティスは、事前に練習しておこうと、少し広めの部屋でステップを踏む練習に精を出していた。

「とっても独創的で素敵だよ、テティス！　まるで妖精が空中散歩をしているみたいだ！」

「……うっ、ありがとうございます、ノア様……こんなにも人の優しさに罪悪感を抱いたのは初めてかもしれません……」

あまりに酷いステップだというのに全力で褒めてくれるノアに、テティスは恥ずかしさと罪悪感で頭がどうにかなりそうだった。

実は今日、ノアは少し時間に余裕があるらしく、彼もダンスの練習に付き合ってくれることになっていた。リュダンから全て話は聞いているようで、ダンスの講師に誰が来るかも知っているらしい。因みにテティスは聞かされていないため知らないのだが、自身のあまりのダンスの下手くそさを再確認し、かつ褒めちぎってくれるノアを前にしたら、もはやそんなことはどうでも良かった。

「テティス」

様々な感情が混じり合ったテティスが俯いていると、部屋の端に居たノアが近くまで歩いてくる。

テティスが眉尻を下げた表情で頭一つ分は高いノアを見上げれば、彼は柔らかく微笑んだ。

「そんなに落ち込まなくて大丈夫だよ」

「ノア様……けれど、あまりにも酷すぎてノア様に申し訳が立たないと言いますか……」

「そんなこと気にしなくて良いのに。確かに少し独創的だが、俺はテティスのダンス、好きだよ。というか、言ってしまえばテティスならどんなダンスをしていても可愛く見えて仕方がない」

「……っ⁉」

幾度となく見せてくれた満面の笑みを浮かべてそう言ったノアからは、またふわりふわりとした花が飛んでいるように見える。

ノアの言葉に自惚れそうになったテティスは目を固く瞑って、脳みそがぐわんぐわんと揺れるほど首を横に振った。

「お、お気遣いありがとうございます、ノア様」

「……？　本心なんだけどな」

「……っ」

「まあ何にせよ、テティスが頑張って練習をしているんだから応援しないとね。……ってことで、俺と踊ってみるのはどう？　せっかくだから実践練習してみよう」

そう言って片膝を床についたノアは、テティスに向けてさっと手を差し出した。

「テティス、俺と踊ってくれませんか？」

「そんな、でも、ノア様にお怪我をさせてしまうやも……っ！」

いくらノアにリードしてもらっても、テティスの壊滅的なダンスの実力だと、確実にノアの足を踏んでしまうだろう。それも、一度や二度じゃないはずなので、テティスはノアの手をとっても良いものか悩んだ、のだけれど。

（……少しだけ、甘えても良いかしら）

まるで絵本に出てくる王子様――否、それよりも数段格好良いノアがこんなふうにダンスに誘ってくれたのだ。ぐらりと心が揺らいでしまうのはある程度致し方ないじゃないか、とテティスは開き直って、おずおずとノアの手に自身の手を重ねた。

「……ご迷惑をおかけしますが、よろしくおね――」

しかし、テティスの言葉が最後まで紡がれることはなかった。

ギィ……扉が開く音が聞こえた直後、男性にしてはやや高めの声が、部屋中に響き渡って、テティスの声を掻き消したから。

「――ちょっとノア、テティスには僕が教えるんだから、勝手なことしないでくれる？　変な癖でもついたらどうしてくれるわけ？　まったく……」

「……！　セドリック様がどうしてここに⁉」

「チッ、予定より一時間早いぞセドリック。一旦帰れ。俺とテティスの邪魔をするなら今度こそそのピンクの頭を燃やしてやる」

(今なんか、ノア様から凄い発言が聞こえた気が⁉)

かつて自身には向けられたことがないほどのどす黒い声で言ってのけたノアだったが、セドリックが「はいはい、好きに言ってなよ」と意に介していないようなので、テティスはほっと胸を撫で下ろした。

それからテティスはパタパタと忙しく足を動かしてセドリックのもとに向かうと、カーテシーをして挨拶をしてから、疑問を口にした。

「あの、もしかしてセドリック様がダンスを教えてくださる先生なのですか？」

いつの間にやら自身の隣にはノアの姿があり、しれっと肩を抱かれていることに動揺しながらも、セドリックに失礼があってはいかないとノアへの意識を閉ざすテティス。

セドリックはノアに冷たい視線を送りながら、自身の腰に手を置き、片足に体重をかけて答えた。

「そうだよ。何、ノアやリュダンからも聞いてないわけ？　ハァー呆れた。おおよそあんたを驚

かせたいと思ってのことだろうけど。……まあ、僕が来たからには安心しなよ、見れるくらいにはしてあげる。これでもこの国で五本の指に入るくらいダンスが上手だからさ、僕」

「……！　凄い……っ！　何と心強いお言葉でしょう……！　よろしくお願いします、セドリック様！」

テティスは深く頭を下げ、もしかしたら、こんな私でもダンスが上手くなれるかも⁉　と期待に胸を寄せる。

一方、そんなテティスの頭上で、ノアはセドリックにだけ聞こえるようにぼそりと囁いた。

「テティスの髪の毛の先にも触るなよ、セドリック」

「いやダンス教えるんだから、無茶言わないでくれる？」


──それから直ぐ、テティスはセドリックから練習するダンスの種類の話などをすると、まずはテティスの実力を知るために軽くステップを踏むことになったのだけれど。

「……想像以上だよテティス。あんた、ほんとにへったくそだね」

「ひゃぁぁぁ……申し訳ありませんんん……！」

ノア曰く妖精が空中散歩をしているよう、であるが、セドリックからしてみれば不気味な雨乞いをしているようにしか見えなかった。むしろ雨よりも雹が降りそうな雰囲気はあるが。

「おいセドリック、テティスのダンスは独創的だが、とってもチャーミングで全ての者を虜にしてしまうくらい素晴らしいだろう。変なことを言うな」

「ある意味虜になるのは間違いないけど、テティスなら何しても可愛いって思ってる人間は引っ込んでてくれる？」

「……ううっ、お二人共申し訳ありません……」

ノアが横槍を入れてくるものの、バッサリと切ったセドリックは腕組みをしながら思案する。

そして、ふぅと一息ついたセドリックは、おもむろにテティスに手を伸ばした。

「誰にでも苦手なことくらいはある。それはもう仕方がない。僕がきっちりリードしてあげるから、とりあえず一回踊ろう。やれることはやらないとでしょ」

「と、とても有り難い提案なのですが、何度足を踏んでしまうか想像もつきませんよ……？」

「一回僕の足を踏むごとにノアに慰謝料を請求するから問題ないよ」

「へっ⁉」

（それはつまり、別の形でノア様にご迷惑をかけてしまうのでは……⁉　けれど私にはそれほど手持ちのお金はないし、どうしましょう⁉）

何をどうしたって何らかの形でノアに迷惑をかけてしまうことに、ガーンという効果音が付きそうなほどの絶望の表情を浮かべたテティス。だが、次の瞬間、ノアがククッと笑いを零した様子に、パチパチと目を瞬かせた。

「ノア様……？」

「大丈夫だよテティス。セドリックが言っていたことは冗談だから。……ははっ、それにしても、動揺している姿まで可愛いのは困ったな。ずっと見ていたくなる」

「……えっ⁉　冗談⁉　可愛い⁉　ずっと見……っ⁉」

とりあえず慰謝料が発生しないことには安堵したものの、今度はノアの発言に慌てふためいてしまう。

すると、そんなテティスを見て、セドリックは小さな声で「……まあ、確かに焦ってる姿はちょっとかわ……」とまで言いかけて、言葉を飲み込んだ。

ノアの鋭い眼差しが、セドリックを射貫いたからである。セドリックの背中にはじんわりと汗が滲み、額からはツゥ……と汗が溢れた。

「セドリック、テティスは俺の婚約者だよ」

「……そんなの、改めて言われなくても知ってるよ」

「そうか。それなら構わないんだ」

そんな二人の会話を最後に、テティスのダンスの練習が本格的に始まることとなった。

それからテティスがまともに踊れるようになったのは、夜会の前日のことであった。


しかし、テティスは夜会の当日になってから、ダンスとは別の問題があることに気付いてしまった。

夜会の日まで、結界魔術の練習や、日々の勉強や体力作り。その他にもマナーの確認、夜会のために新たに仕立てたドレスの試着、なによりもダンスの練習に多忙を極めていたため忘れてしまっていたけれど、一番重要なことだったというのに。

「そうだわ……この夜会って、お姉様も参加するんじゃない……！　つまり、ノア様とお姉様が会ってしまうということ……！」

ダンスよりも大切なことを思い出したテティスは、突然大声を出したことにルルに心配されながら、身支度を済ませていくのだった。

第十一章　恐怖の後、見えるもの

夜会にテティスが着ていくのは、淡い水色の生地に細やかな花の刺繍が入った、繊細で優しいデザインのドレスだ。

ルルと仕立て屋と共にデザインを考え、このドレスをノアに披露するのを楽しみにしていた日がやっとやって来たのだ。

「テティス、どうかした？　何か考えごとかい？　もし気分が悪いなら直ぐに馬車を引き返し――」

「いいえ！　緊張しているだけですので、大丈夫ですわ！　ご心配をおかけして申し訳ありません」

だというのに、夜会へ向かう馬車の中、テティスは下がった眉尻に必死に抗って笑顔を取り繕う。

――もちろん、憂いの原因は今日の夜会にヒルダが参加することを、つい二時間ほど前に思い出したからだ。

ただ単に自身を馬鹿にしてくる姉と会うだけならば、これほど心がズドンと重たくなることはなかったのだが。

（ノア様とお姉様が対面するところを見るのは、やっぱり気が重いわ……）

夜会には数多くの貴族が参加するので、もちろん全員と挨拶するわけではない。

しかしノアは公爵の地位であり、かつ筆頭魔術師だ。

おそらく彼の重要性から考えて、王族とも関わりがある可能性も高い。

もしそうでなくとも、ノアとヒルダは同じ魔術省に勤める身だ。相当険悪な関係でない限りは、挨拶をするのが礼儀というもの。

（それにお姉様のことだもの。絶対に私の様子を確認しに来るに違いないわ。私が両親に貶されている時も、社交界でわざと聞こえるように悪口を言われた時も、必ずその時の私を見て愉快そうにしていたから）

ノアはヒルダのことが好きだ。けれどその思いが叶うことはない。

そんな哀れなノアを少しでも慰めるためにテティスは婚約者に選ばれた。

ヒルダからすれば、今のテティスの状況は相当愉快なものに違いないのだろう。

（ノア様、私に向けるよりも優しい目で、お姉様を見つめるのかしら。それとも、切なそうにするのかしら。私とお姉様を直に見比べて、お姉様の代わりの私への興味が失せてしまうかしら。……そしたら、もうこんなふうに、楽しく会話をすることはなくなってしまうの、かな……）

そう考えると、目頭が熱くなってくる。

けれど、せっかくルルが美しく見えるよう化粧を施してくれたのだ。この姿を見せた時、ノアが満面の笑みで『とても綺麗だ』と言ってくれたのだ。

（幸せの魔法は直ぐに解けてしまうかもしれないけれど、それまでは……）

目の前の優しいノアの笑顔に、ただ浸っていたい。せっかくセドリックに一生懸命ダンスを教えてもらったのだから、しっかりと踊りきりたい。

そんなことを思いながら膝に置いた手をぎゅっと握り締めたテティスだったが、突然そんな自身の手にノアの手が重ねられ、俯き気味の顔を上げた。

「本当に、大丈夫かい……？」

するど、こちらを心配そうに見つめているノアの姿が目に入る。ノアにそんな顔をさせたいわけではなかったテティスは、出来る限り笑ってみせた。

「その、きちんとダンスが踊れるのかが不安で！　ただそれだけですわ！　けれどその、しっかり踊ってみせますから、ノア様は心配ご無用です……！」

「…………そう」

その会話を最後に、いつの間にやら馬車は夜会会場へと到着した。

先に降りたノアに手を差し出され、テティスはおずおずと手を重ね合わせた。

「……やはり、いつも綺麗だが、今日のテティスは一段と綺麗だ。それこそ、誰にも見せたくないくらい」

「……っ、ノア様も、とっても素敵です……」

「そうか？　ありがとう。……それなら、今日は君に恥をかかせないで済むな。こんなに美しいテティスの隣に立つのに、あまりに不格好ではテティスまで笑われてしまうから」

ふ、と小さく笑うノアに、テティスはぐちゃぐちゃの感情のまま笑顔を取り繕う。

その笑顔の違和感にノアが気付いていたことに、テティスは気が付かなかった。

入場のアナウンスがされ、テティスはノアのエスコートのもと会場に足を踏み入れた。

筆頭魔術師でもあるノアが、無能だと言われているテティスを婚約者にと選んだことは貴族の中でも話題になっているのか、注がれる視線には、様々な思惑が纏わりついているように思う。

こんな視線には慣れているものの、なんだかノアに申し訳なくてテティスが少し顔を俯くと、ノアがテティスの名前を優しく呼んだ。

「大丈夫。大丈夫だから、顔を上げてみて」

「……っ、はい」

すると、先程感じた視線とはさほど大きくは変わらなかった。けれど、ちらほら、とこちらに向ける視線に悪意がないものがあることに気付いたテティスは、少しだけ冷静になる。

耳をすませば、時折聞こえてくる「なんだかお似合いね」「あんなに綺麗だったのか」という好意的な声もあり、テティスは隣に居るノアをバッと見上げた。

「大丈夫。大丈夫だよ」

「ノア様……」

「先に陛下に挨拶に行こうか。それが終わったら、沢山スイーツを食べると良い。おそらく苺のケーキもあるだろうから」

「はい……！」

（ノア様は凄い。ノア様に大丈夫だって言われると、なんだか自信が持てる。……お姉様のことはあまりウジウジ考えないで、夜会を楽しもう）

そうして、テティスはノアと共に国王へ挨拶してから、ノア目当てで挨拶をしてくる貴族とも適当に言葉を交わし、それが落ち着いた頃ようやく、スイーツを食べ始めた。

「おっ、美味しいです……！　サクサクのタルトは香ばしく、アーモンドクリームのコクが、フルーツの甘酸っぱさと相まってお口の中が幸せでいっぱいです……！」

「テティスの言葉は、相変わらず今日も食欲をそそるね。食べきれないくらい種類があるから、少しずつお食べ」

「はい……！」

そうして、小さめのサイズのケーキを五つほど食べ終わった時だろうか。

ノアが魔術省の人間に声をかけられ、少し話があるということで、テティスが彼の背中を見送って十分程経った頃。

一人ではケーキを食べる気にはなれず、もちろん談笑しあえる友人も居ないテティスは、すっかり壁の花になっていた。

セドリックもリュダンも此度の夜会には参加しているのだが、二人共様々な貴族たちに話しかけられて忙しそうだ。セドリックは明らかに嫌そうな顔をしているが、さすがに社交の場では普段のような悪態はつけないと分かっているのか、渋々相手をしている。

そのため、ノアが居ない今、テティスは完全に一人ぼっちだった。

（ノア様、早く戻ってこないかな……）

ノアに大丈夫だからと言われたからか、自身でうじうじ考えないと決めたからか、それとも大好きなスイーツたちを食べたからなのか。

少し気持ちが明るくなってテティスがグラスを片手に壁にピタリとくっついていると、よく聞き慣れた声に、その方向へと視線を移した。

「あら、テティスじゃない。あんた一人なの？　ノア様は？」

そこには、深海のような濃いブルーのドレスに身を包んだヒルダの姿があり、徐々に近付いてくる彼女に、テティスの心臓は嫌な音を立てた。

そして、敢えて壁に追い込むように目の前に立ちはだかったヒルダに、テティスは震えそうになる体を堪《こら》えることで必死だった。

「……お久しぶりです、お姉様。ノア様はお仕事のお話があるそうで席を外されています。……お姉様もお一人ですか？」

「ええ。一通り挨拶が終わったから、哀れな妹の様子でも見てみようかと思ってね。見掛けたから声をかけてあげたのよ？　感謝なさいね」

テティスはその言葉に一旦押し黙ると、ふぅと息を吐き出してから、第二王子はどうしたのかを尋ねる。すると、何やら仕事の話があるからと今は席を外しているとヒルダは話した。

直後、気味が悪いくらいにニッコリと微笑むヒルダに、テティスは背筋が粟立った。

「それでどう？　私のことが好きなノア様との生活は？　あまりにも私とあんたが違うからって、

虐められていない？」

「っ、ノア様も、屋敷の皆も、大変良くしてくださっています。……心配は無用ですわ」

テティスは事実を答えただけなのだが、おそらくヒルダが思っていた返答と違ったのだろう。

「ふぅん」とつまらなそうに声を漏らしたヒルダは、開いていた扇子を力強くパチン！　と閉じた。

「で、私の言いつけ通り、ノア様のことは慰めて差し上げてるの？　……無能のあんたに、私の代わりなんて務まるはずがないけれど。もし優しくされても勘違いしてはだめよ？　あんたが大事にされているとしたら、それは私のおかげなんだから」

「…………っ」

ヒルダに言われずとも、ノアの婚約者になってからというもの、そんなことは何度だって考えた。勘違いをしてはだめなのだと深く深く自分に言い聞かせた、けれど。

（お姉様の代わりなんて務まるはずがないってことは、私が一番分かってるわ。分かっているけれど、少しだけ、少しだけで良いから夢を見ていたかったの。私がノア様のことを、幸せにしてあげたかったの）

脳裏に浮かぶのは穏やかに笑うノアの姿。同時に、氷がバキバキと割れていくように、夢が覚めていく感覚がテティスを襲った。

（ノア様に、恋をしてしまったから……）

テティスは、目の前のヒルダをじっと見つめる。

派手な美しい容姿、結界魔術師としての才能を持ち、両親からも、そしてノアからも愛されるヒルダのことが、羨ましくて仕方がなかった。

生まれてから何度も思ったけれど、今、一番強く願ってしまう。

(私が、お姉様なら良かったのに……)

——良いな、良いな、良いな。

ドロドロとした感情が渦巻いて、恋とは人の感情を醜くするのだとテティスは知った。うまく言葉が出て来ないでいると、いつの間にやらヒルダの取り巻きたちの令嬢たちもぞろぞろと集まり、囲まれてしまっていた。

ヒルダの取り巻きの令嬢たちは、良い獲物を見つけたと言わんばかりに楽しそうに円を作って、口々にテティスを蔑み始めた。

「サヴォイド公爵閣下も、テティス様みたいな方が婚約者で可哀想」

「ヒルダ様の方が絶対にお似合いなのに」

「人気者は困りますわよねぇ？　ね、ヒルダ様」

テティスを嘲笑うようにそんな言葉を投げかけられ、同時にヒルダの口角はこれでもかと上がる。

反対にテティスは少しずつ俯くと、その時だった。

「——テティス、大丈夫だから顔を上げて」

「……っ」

聞き慣れた穏やかで、響く低い声。テティスは顔を上げて声の方向へ振り向くと、ようやく言葉が出てきた。

美しい薄い菫色の瞳の彼の声は、その場にはっきりと響いた。

「ノア様……っ」

ノアの登場により、ヒルダの取り巻きたちは慌ててテティスへの道を開けた。

テティスを庇うようにして前に立ち、振り返って「一人にしてすまない」と謝罪の言葉を口にするノアに、テティスはふるふると頭を振る。

「……ヒルダ嬢、何故君と君のお友達がテティスを囲んでいたか、説明してもらっても良いかい？」

前に向き直ったノアがそう問いかけると、取り巻きの令嬢たちがやや慌てる中、ヒルダはねっとりとした微笑みを浮かべる。ヒルダからしてみれば、テティスをより苦しめるための絶好の機会だと思っていたから。

「うふふ。少し雑談をしていただけですわ？」

「そうは見えなかったが」

地面に響くような低い声色に、普段の穏やかさとは比べ物にならないくらいに険しい表情のノア。周りにいる令嬢の誰かが「ヒィッ」と恐ろしそうに声を上げた。

けれど、そんな中でもヒルダは余裕綽々といった表情を見せている。

「やだノア様ったら。怖い顔をなさらないで？　私は全て分かっていますから、体裁のためにテティスのことを庇わなくとも大丈夫ですのよ？」

「は？」

ズシン……と、低いノアの声。自身に向けられているわけではないというのに、テティスは少しだけ恐怖を感じて、体をぴくんと弾ませる。

同時に、ヒルダが言っていることの意味が理解出来たテティスは、心臓が押し潰されるように痛みを覚えた。

（そうよね……。今は私が婚約者だから庇ってくださっているけれど、ノア様の気持ちとしては、お姉様のことを大切にしたいはず……）

しかし、テティスにはノアの背中を押してあげることは出来なかった。

ヒルダにもノアにも互いに婚約者が居る身で変な噂が立つことは良くないと思ったから、というのは建前で。本当は、ノアの恋を応援してあげられないくらい、そんな醜い気持ちが込み上げてきてしまうくらいに、深くノアのことを愛してしまっていたから。

けれど、自責の念にかられたテティスの気持ちを切り裂くようにして放たれたのは、ヒルダに向けられた威圧的なノアの言葉だった。

「君が何を言っているか、全く理解出来ないが」

その口ぶりにはヒルダの言葉に揺らいだ感じも、無理をしている感じも一切なく、怒りだけが含まれているようにテティスには感じられた。

「俺の婚約者を傷付ける者は、何者であっても許すつもりはない。これからはこのことを念頭に置いておくんだな」

「ノ、ノア様？　何をそこまで――」

　動揺するヒルダを完全に無視したノアは、テティスの肩を抱くと、彼女の耳元に顔を寄せる。

　そして、誰もが見惚れるような甘い笑顔を見せて、いつもの優しい声色で囁いた。

「テティス、もう話は終いだ。さっき食べたのとは違った形のショートケーキを見つけたから、食べに行こう？」

　何故ヒルダに対してそんなにきつい口調を使うのだろう。何故ここまで大げさなほどに守ってくれるのだろう。

　そんな疑問に駆られたテティスだったけれど、ノアの先程の雰囲気を思い出すと、さらっと尋ねられる感じではない。それに、理由は何であれノアは助けてくれて、今この状況から救おうとしてくれているのだから断るという選択肢はなく、テティスはとりあえず考えるのは後にしようと決め、「はい」と頷いた。

　一方、そんな二人が会場の人混みの中に溶け込んで行くのを見つめるヒルダといえば、ぽかんと口を開けて、「どうして？　今のは何？」と呆然としている。

　取り巻きの令嬢たちもまさかの事態に困惑を隠せないものの、誰かが呟いた、「サヴォイド公爵閣下って、もしかしてヒルダ様じゃなくてテティス様のことを……」という言葉に、ヒルダはそんなことあるはずがないと憤怒して、会場から姿を消したのだった。

しんでいた。

ヒルダたちから距離を取ったテティスは、ノアに連れられて再び夜会会場のスイーツ巡りを楽しんでいた。

「ノア様が教えてくださったショートケーキ……先程のよりも生クリームが濃厚で、深い味わいです……！　止まりません……！」

「それは良かった。テティスは本当に美味しそうに食べるね」

食べ始めた直後はヒルダのことが頭に過《よぎ》ったけれど、大好物のショートケーキを食べれば何のその。胃も心も幸せに満たされて、テティスは「ん～！」と言いながら舌鼓を打つ。あまりの美味しさについつい食べすぎてしまいそうだ。

「あ、そういえばすっかりお礼を言うのを忘れておりました。ノア様、先程は庇ってくださりありがとうございました……！」

あまり深く頭を下げては変な意味で目立ってしまうかもしれないからと、軽く会釈する程度に抑えたテティス。ノアも社交の場で悪目立ちはしたくないので、ぽんとテティスの頭に手をおいて、「当然のことだよ」と言うだけに留めた。

「それに、もうお仕事のお話は大丈夫なのですか？」

「ああ。最低限の話は済ませたし、あとは文書でどうにかなるよ。……何より、こんなに可愛いテティスをこれ以上一人になんてさせられないしね」

「……っ」

顔を覗き込むようにして甘い言葉を吐いてくるノアに、テティスは顔を真っ赤に染める。

　そんなテティスに対して、ノアはぶわりと花を飛ばしながら「可愛い」「最高に可愛い」「俺の婚約者は天使だな」なんて歯の浮くような台詞を並べてくるので、羞恥が限界に達したテティスは、とある作戦を決行することにした。

　テティスはショートケーキが載っていた皿やフォークをボーイに渡してから、必死の形相でノアに話しかけた。

「あの！　以前チョコレートがお好きだって仰っていましたよね⁉」

「……言ったかもしれないね。まあ、チョコレートよりテティ――」

「な、何と偶然にもここに美味しそうなチョコレートケーキがあるのです！　さあ、ノア様食べてみてください……！」

　チョコレートケーキが載った皿を手に取り、フォークと一緒にずいとノアに差し出したテティス。

（きっとケーキを食べている最中は、私に対して変なことは言わなくなる、はず……！　だって、甘いものを食べている最中は他のことなんて考えられなくなるもの……！）

　と、自分なりの観点からそう考えたテティスだったのだけれど、どうやらノアは違ったらしい。

「それじゃあ、せっかくだから頂こうかな」

「はい！　ぜひ！」

「なら、テティスがフォークを持ってね」

「はい！　…………えっ？」

勢い余って返事をしてしまったものの、改めて考えると不可解なノアの言葉に、テティスの体はピシャリと固まる。

しかし、その内に半ば無理矢理ノアにフォークを掴まされてしまい、テティスが自身の手中にあるフォークとノアの顔を交互に見つめていると。

「テティス、せっかくのチョコレートケーキなら、一番美味しい方法で食べるのが良いと思わない？」

満面の笑みとはまさにこのこと、というくらいキラキラとしたノアにそう言われ、テティスはあまり深く考えることなく「はい」と答えた。のだけれど、直後、まさかノアがこんな行動に出るだなんてテティスは考えもよらなかったのだ。

「じゃあ、遠慮なく」

「えっ……」

ノアは笑顔を崩すことなく、テティスのフォークを持っている方の手首を掴む。

その次に、テティスの手を自在に動かしてフォークの上にチョコレートケーキを一口載せると、自身の口へと誘ったのだった。

「……へっ⁉」

――パクリ。もぐもぐもぐ。

テティスの驚いた表情をじっと見つめながら、ノアは口内でじんわりと溶けていくチョコレートケーキを味わう。

　テティスの手首を掴んだまま咀嚼を終えたノアは、ちらりと赤い舌を覗かせるように舌舐めずりをして、にっこりと微笑んだ。

「……テティスに食べさせてもらうと、この世のものとは思えないほど美味しい」

「なっ……あのっ、え？　あれ？　夢？」

「はは。夢じゃないよ、テティス。物凄く美味しかったから、もう一口もらって良いかい？」

「ひゃいっ⁉」

　そうして、テティスの手はノアによって再び操られ、こんな人前でまた彼にあーんをすることになるはずだった、その時。

「『ノア、やりすぎ』」

「……‼　セドリック様に、リュダン様……！」

「……？　お前たち何を──」

　現れた二人がノアの肩を掴んで引き離してくれたおかげで、手首も自由になったテティス。それでも油断ならなかったテティスはそのチョコレートケーキを頬張ると、ボーイに皿とフォークを手渡す。そんなテティスを見たノアは目を見開いてから、恥ずかしそうにはにかんだ。

「テティス、間接キスしちゃったね」

「……⁉　ハッ……！　言われてみれば……う、ううう……！」

「その照れた顔もたまらなく可愛い……」

　ほんの少し涙目になりつつあるテティスの表情を見て、そんなふうに呟いたノアは、雑に両肩に乗る二人の手を払うと、リュダン、その次にセドリックに向けて鋭い視線を向けた。

「俺とテティスの貴重な時間を邪魔したことには変わりないけど……間接キスして照れるテティスが見られたから、許してやる」

ノアのそんな言い分に、リュダンとセドリックはドン引きの表情を見せたのだとか、見せていないのだとか。


それからテティスは、しばらくしてから落ち着きを取り戻すと、リュダンやセドリックを含め、ノアと楽しく会話を繰り広げた。

そして、ダンスが始まると分かれば、ノアに手を引かれてホールの中心へとやって来た。

「ノ、ノア様……私、ちゃんと踊れるでしょうか……」

先程までの楽しかった時間から一転して、テティスの表情には陰りが落ちる。

セドリックと一緒に練習はしたし、一応これならギリギリ大丈夫というレベルにまでは上達した。

ノアとも何度か事前に一緒に踊り、彼は上手になったねと、凄いねと褒めてくれたけれど。

「ノア様に……恥をかかせたくありません……」

「テティス……」

ノアとセドリックが優しい人たちであることを知っているからこそ、不安になってしまう。

テティスはきらびやかなシャンデリアの下で俯いた。

「テティス、大丈夫だよ」

「……っ」

ノアに手を掬われて、手の甲にちゅ、と口付けられる。その瞬間、緊張や不安は吹っ飛んでいってしまい、テティスは羞恥でいっぱいになる。周りの令嬢からの「キャー‼」という悲鳴のような声の影響もあるのだろう。

しかし、ノアは周りにもテティスにもお構いなしに、彼女の手を優しく包み込んだまま、穏やかな声で話し出した。

「テティスはね、努力の天才なんだよ」

「………‼」

「それに、自分のためだけじゃなくて、誰かのために出来る人なんてそう居ない。そういうところ、俺は大好きだ」

「～～っ」

そんなノアの声も周りに聞こえたのか、先程よりも甲高い声が多く聞こえてくる。

これ以上は心臓が張り裂けそうだと感じたテティスが「もうやめてください……っ！」と必死に告げると、ノアはふっと微笑んだ。

「緊張、大分解けた？」

「……！　ノア様、もしかして私の緊張を解くために……っ！」

「……いや、キスも大好きだって言葉も、俺がしたかったし言いたかっただけなんだけどね」

「……へっ？」

「運良く緊張が解けたなら良かった。……さあ、テティス。俺と一緒に楽しく踊ろう？　失敗したって、絶対俺がカバーしてあげるから」

その時、前奏が流れ始める。ノアに腰を抱かれたテティスには、もう緊張はなかった。

「ねぇ、見て……テティス様のダンス」

テティスとノアが踊る中、先程ノアのテティスに対する態度に悲鳴を上げていた令嬢たちは扇子で口元を隠し、ヒソヒソと話し合っていた。

「ええ。お上手ではないけれど、何だか……一生懸命で、心惹かれるものがあるわね……」

そのたどたどしさには洗練された美しさはなかったけれど、そんなテティスを表立って馬鹿にする者は居なかった。

同時に、テティスを愛おしそうに見つめるノアの姿、そして先程のチョコレートケーキのやり取りも見ていた令嬢たちは、「ノアはテティスにべた惚れ」だと悟ったようだ。

そして、ダンスの直後、侯爵家の人間でうら若き令嬢から人気が高いリュダンがテティスを「よく頑張った」と褒める姿と、天才結界魔術師と一目置かれていて、悪態をつくことで割と有名なセドリックが「テティスにしてはまあまあの出来なんじゃない」と優しい言葉を掛けている姿を目撃した数多くの貴族たちは、今後のテティスの扱いを考えなければいけないかも……と冷や汗をかいたという。

第十二章　勘違いにはこれでさよなら

「ハァ……今日は色々なことがあったな……」

夜会から屋敷に戻って来たテティスは、ノアと別れてからルルに手伝ってもらって軽く湯浴みを済ませると、夜着に着替えて四肢をベッドへ抛《なげう》った。

ダンスを一曲踊ってからは直ぐに帰路に就いたものの、もう夜も遅い。

いつもならばふかふかのベッドに入れば瞬時に眠れるというのに、こんなに寝付けないのは、初めて結界魔術が使えた日以来だろうか。

「あの日は興奮で寝付けなかったけど、今はノア様のことが気になって眠れない……」

帰りの馬車で、ノアはテティスに一人にしたことを何度も謝罪した。一人にしなければヒルダから嫌なことを言われずに済んだだろうにと。

テティスは謝らないでくださいと何度も伝え、その場は一応収まった、のだけれど。

現在、一人になったことで心のもやもやが再燃したテティスは、頭を悩ませていた。

「どうしてノア様は、あそこまでお姉様に冷たい態度をとったんだろう……」

ノアは優しいし、立場もある。だから、あの場で婚約者のテティスを庇うことは建前上有り得ることだとまだ理解出来た。しかし、それにしたってヒルダに対しての態度に、微塵も好意を感じなかったことが不思議だったのだ。

(むしろ、ノア様はヒルダお姉様のことを嫌っているようにも見えたわ……)

そんなはずはないのに、どういうことなのか。テティスは意味が分からないと頭を抱える。

「ああ！　だめだわ！　頭がぐちゃぐちゃでぜんっぜん眠れない……！」

横になっていれば眠れるかと思っていたけれど、どうやら無理らしい。

それならば時間を有効活用しようと、テティスは起き上がる。以前書庫から部屋に持ってきておいた本を手に取ると、ゆったりとしたソファに浅く腰掛けた。

そして、『魔力量と瞳の関係について』というタイトルの本の真ん中辺りにある栞を取って、テティスは本を読み始めた。

「……へぇ、扱い切れないほどの魔力量を持っていると、オッドアイになることがあるのね」

魔力がほとんどなかったテティスからしてみれば他人事だが、魔力がかなり増えた今となっては、その記述は少し身近なことのように思える。とはいえ、身近にオッドアイの人間など居ない――と、そこまで考えて、テティスはハッと思い出した。

「そういえば昔……オッドアイの少年に会ったことがあるような……。あれ？　どこで会ったんだっけ？」

なんとなくその風貌が出かかっているのだが、はっきりとは思い出せない。

本を一旦ローテーブルに置いて腕組みし、うーんと悩んでいると、扉を叩くノックの音が響いた。

「はい、どなたでしょう？」

「ノアだ。こんな時間に部屋に来るのは非常識ということは分かっているんだが、少し話せないか……？」

「は、はい！　お待ちください……！」

ノアがこんな時間に部屋に訪問してくるなんて、何か問題が起こったのかもしれない。

テティスは本を引き出しに戻してから軽く髪の毛を整えると、パタパタと小走りをして、入り口の扉を開いた。

「ノア様、どうぞ。今お茶をお入れしますから、座っていてくださいね」

テティスはルルを下がらせてからも、よく一人でお茶を飲んでいるので、部屋にはティーセットが常備されている。だから、そう言って部屋に招き入れると、ノアは「突然ごめんね、ありがとう」と言ってから、テティスの姿に目を見開いた。

「テティス、その恰好……」

「恰好？」

ノアにそう言われたテティスは、自身の服装をじいっと見つめる。

寝るつもりだったのでカチッとしたドレスではなく、生地は薄く、ウエストに絞りもないただの夜着だ。ルルが用意してくれたものなのでシンプルながら可愛らしく、胸元のリボンや所々レース調になっているところがテティスお気に入りである。普段のドレスよりも胸元が開いて、湯浴みの後なんかは涼しくて過ごしやすい。

（あっ、そもそもノア様をお出迎えするならば、多少お待たせさせてしまっても、着替えるべきだったかしら？　お待たせするのはいけないと焦ってしまったわ……）

　一般的には婚約者の段階で夜着など見せるものではないのかもしれない。そう自己完結したティスは、「ドレスに着替えた方が良いですよね？」とノアに確認する。

　すると、まだ正装だったノアは、どこか気まずそうな顔をしながら、自身のジャケットを脱いで、それをティスの肩に被せた。

「いや、そんなことはしなくても良いが……目に毒だから、これを着ていてくれ」

「は、はあ……」

　夜会での疑問が解消されていないからか、頭がよく回っていないティスはとりあえず頷くと、お茶を入れてからソファに座るノアの隣に腰を下ろした。

「それで、お話とは何でしょうか？」

　お茶を入れるのを待ってくれていたということは、緊急性が高い用件ではないのだろう。しかし、夜更けに訪れたということは余程気がかりなのだろうと、ティスは問いかけた。

「ああ、色々考えてみたんだが、やはり分からなくてね。夜会でのヒルダ嬢の発言の意図、ティスには分かるかい？」

「それは――……」

　ティスが僅かに目を伏せると、頬にまつげの影が浮かぶ。

　――『私は全て分かっていますから、体裁のためにティスのことを庇わなくとも大丈夫ですのよ？』

おそらくノアは、ヒルダのこの言葉のことを言っているのだろう。

もちろん、テティスにはヒルダの言葉の真意を理解出来たのだが、どうにも隣に座るノアは本当に理解出来ていないように見える。

（ノア様って、もしかして鈍感なのかしら？　それとも、お姉様のことが好きな気持ちは、無意識……？）

それなら、ヒルダが言っている意味が分からないことは致し方ないと言えるが、テティス自らがそれを伝えるのは心が抉られるようだ。

（お姉様は、ノア様の秘めた恋心をご存知みたいですって、伝えてあげれば良いのかもしれないけれど……）

そう、伝えることはノアに恋をしたテティスにとってみれば、あまりにも辛いことだったから。

「……さぁ。私にも何のことだか分かりません……」

ぐっと、涙を堪えてそう伝えるテティス。普段よりも幾分か声が低くなり、顔面の筋肉も強ばる。

膝の上に置いた拳にもこれ以上ないくらい力が込め、口の中に鉄の味がするほど、下唇を噛み締めている。すると、そんなテティスの口元に伸びてきたのはノアの親指だった。

噛み締めている唇を優しく撫でられ、テティスは驚きと恥ずかしさでハッと口を開けた。

「なっ、何を……！」

「……テティスは、何を隠しているんだ？」

「……！」

まるで確信めいた問いかけに、テティスは一瞬身体が硬直した。

ノアの声色に恐怖は感じなかったけれど、絶対に逃してやるまいという強い意志だけはしっかりと感じ取れたことが、一番の原因かもしれない。

「行きの馬車の時からテティスの様子がおかしいことには気付いていたが、周りの貴族からの目を怖がっているのか、もしくは相当ダンスを緊張しているのかと思っていた。それなら俺が支えれば良いからと思って、敢えて何も言わなかったが——。まさか、ヒルダ嬢のあの言葉と、テティスの様子がおかしかったことに何か関係があるのか？」

「………」

無言のテティスに、ノアの菫色の瞳はスッと細められた。

「テティス、無言は肯定と取るよ」

「………っ」

ノアの指に触れられた唇が熱い。物凄く恥ずかしいのに、離れていってほしくないと、強く願ってしまう。けれど。

（——もう、やだ………）

ヒルダのことが好きなのに、こんなことしないでほしい。ヒルダの代わりなんてもう嫌だ。こんなに苦しいのは、もう、嫌だ。

——それならいっそのこと、冷たくされた方が諦めがつくのに。

「テティス、君に一人で抱え込んでほしくないんだ。俺にとって君は、世界で一番大切な人だから」

だというのに、この期に及んでノアから吐き出される言葉は、テティスを期待させるようなものばかりだ。あまりに残酷だと、テティスは泣きたくなった。

（もう……無理。こんなのもう、嫌だ……っ）

その時、テティスの中でぐるぐると渦巻いていた我慢や切なさ、醜い感情の枷がガチャンと外れた音がした。

テティスは口元にあるノアの手をそっと退けてから、意を決したように口を開いた。

「なんで、ですか……っ」

「テティス……？」

「世界で一番大切って……なんで、なんでそんな思ってもないこと言うんですか……！　それなのに、なんでいつも優しくて、私のことなんか大切にしてくれるんですか……‼」

ノアを責め立てるように、テティスは声を荒らげた。もっと上手い言い方はあっただろうけれど、今のテティスにはこれが限界だったのだ。

「……そんなの、決まっているだろう」

「……っ」

ノアの低い声色に、テティスはギュッと目を瞑る。

ヒルダの代わりだと思っているから、大切にしているだけだと言われるのだと、覚悟を決めていたというのに。ノアから飛び出した言葉は、予想だにしないものだった。

「――テティスのことを、愛しているからだよ」

「えっ」

理解が追いつかず目を開けると、隣からぐぐっと覗き込んだノアの顔が視界に入る。

その表情は到底冗談を言っているものとは思えず、テティスはごくりと息を呑んでから、掠れた声で問いかけた。

「ノア様は、私の姉――ヒルダのことを好いていらっしゃるのではないのですか……？」

「…………！」

突然のことで驚いたのか、ノアはピシャリと固まった。

それから数秒後、無言だったノアが放った声は、聞いたことがないくらい低いものだった。

「それ、誰かに何か言われたのかい？」

「それは……その……」

威圧的なノアの様子にテティスは口籠ると、ノアはテティスの返答を待たずに語気を強めた。

「それとも、俺の態度がテティスにそんな考えをさせた？　そんなに俺の思い伝わってなかった？　この屋敷に来てから、テティスはずっとそんなことを考えながら、過ごしていたのか……？」

「……っ」

初めは怖かった声色だったけれど、それは少しずつ嘆くようなものに変わっていった。

――確かに、テティスだってヒルダからノアに対することの話を聞かされていなければ、ノアの愛情をそのまま受け取っていただろう。

もしくは、自分に自信があれば、ヒルダの言っていたことなど気にも留めなかったのかもしれない。

だが、テティスは生まれ育った環境のせいで、どうしても楽天的には考えられなかったのだ。

自分が愛されるわけなんてないと、信じ込んでいたから。

けれど、そんなテティスでも、ノアの顔を見れば分かる。

（ああ、私は何て勘違いを……どれだけ、ノア様を傷付けてしまったのだろう）

ポロッと溢れた涙は留まることを知らないのか、止めどなく溢れてくる。

テティスは両手で顔を覆うようにすると、深く俯いて嗚咽を漏らした。

「酷いことを聞いて、申し訳ありません……申し訳ありません……ノア様っ」

「……ッ、すまないテティス。泣かせるつもりはなかったんだ。ごめんね、泣かないで、泣かないで、テティス」

それからノアは、テティスに寄り添うように、ずっと背中を擦ってくれていた。

しばらく泣き止まないテティスに、優しく「大丈夫だから」と何度も声をかけながら。

テティスが落ち着くのには、それから半刻ほどかかった。

このまま休ませたいとは思うものの、さすがに有耶無耶に出来る話ではないからと、ノアはテティスに、ヒルダの件について洗いざらい話すようにと頼んだ。

そして、テティスから聞かされたヒルダの発言に、ノアは頭を抱えた。

「つまり、俺がヒルダ嬢のことをよく見ていて、それでヒルダ嬢は俺に好かれていると思っていると。そのことを聞かされて、この婚約は俺がテティス自身を求めたものではなくて、ヒルダ嬢の代わりにテティスを選んだと思っていたと。そういうことで合っているか？」

「はい……。まさしくその通りです」

泣き止んだものの、目と鼻を真っ赤にしているテティスの隣で、ノアは前髪を掻き上げてから、納得の表情を見せた。

「ああ、なるほど。だからこの屋敷に来て数日間は、テティスにしては濃い化粧に、やたらと大人びたドレスばかりを選んでいたわけだ。ヒルダ嬢に似せた方が、俺が喜ぶと思ったんだね」

夜会でのヒルダの発言も、ここまでくればノアには理解出来たようで、「夜会でのことも大方分かった」と呟いている。

察しが良くて助かる。テティスがコクコクと頷くと、ノアはそんなテティスの頭にぽんと手をやった。

「テティスありがとう、きちんと教えてくれて」

「………………っ」

ノアの優しい手付きにテティスは自身の体温が少し上がるような感覚を覚えながら、引き続き耳を傾ける。

「だが、もう分かっているとは思うけど、俺は君の姉のことを一切好いていないよ。……むしろ、身内の君に言うのはあれだが、かなり嫌っている。もしも俺が無意識に君の姉を見ていたのだとしたら、それは憎悪からだ」

「えっ⁉」

好いていないならまだしも、あの才色兼備のヒルダを嫌っているとはテティスには予想外だった。

「理由を伺っても?」と恐る恐る尋ねると、ノアはテティスの頭にやっていた手を下ろし、その手を彼女の手に絡ませて口を開いた。

「この世に、好きな人を無能呼ばわりしたり、敢えて傷つけるような人間を好きになる人間なんていないさ」

「……っ」

「もう一度、きちんと伝えておくね。……俺はテティスが好きだ。テティスが好きだから、妻になってほしくて婚約を申し出た」

「なっ、何故私に……」

きょろきょろと目が泳ぐ。もちろん、隣に居るノアを凝視することなんて恥ずかしくて出来るはずもない。一生叶わないと思っていた恋が実ろうとしているのだ、それは致し方なかったのだろう。

しかし、テティスは手放しで喜べなかった。

(今まで会ったことがないはずなのに、どうして好意を持たれているのかしら……？)

そんな疑問を持ち、テティスが困惑を含んだ面持ちをしていると、そんなテティスにノアは困ったように笑ってみせた。

「その様子だと、やっぱり覚えていない？」

「……はい。もしかして、過去に会っているのですか？　以前、私が苺のケーキが好きなことも知っていましたし……。確か、苺を最後に食べることまでご存知でしたよね……？」

その質問に、ノアは「ああ」と相槌を打って顔ごと上を見つめる。そして、思い出を噛みしめるように語り始めた。

「まだ幼かったし、忘れていても不思議はないんだが――」

そう言って、ノアは語り始めた。

第十三章　テティスとノアが出会ったのは

——あれは、約十年前。ヒルダと比べてテティスは無能だということが、貴族たちの間で広がり始めた頃だった。

「上級貴族だけが参加を許されていた、王家主催のお茶会を覚えているか？　あの時俺とテティスは会って、少しだが話しているんだ」

「えっ⁉」

そのお茶会では、テティスは両親とヒルダと、四人で参加していた。

しかし、両親が周りの貴族に誇らしく紹介するのはヒルダばかりで、テティスはついでの扱いだった。相手の貴族も、そんなテティスに哀れな目を向け建前の挨拶だけ済ますと、それからの会話はテティスだけ蚊帳の外だった。

そんな時、話が長くなるため適当に待っていなさいと言われた幼いテティスは、家ではほとんど食べさせてもらえない苺のケーキを食べるため、近くのテーブルまでパタパタとドレスを揺らす。

立食形式のお茶会だったため、テティスはその足で目的地に辿り着くと、ケーキを食べ始めた。粗相をしたらあとから家族に叱られてしまうため、細心の注意を払いながら。

『ん～！　美味しい……』

家だけでなく、社交の場でも皆テティスのことを居ない者として扱う。口には出さずとも、無能な娘として見られているのだということも分かる。

そんなテティスをわざわざこの場に連れてきているのは、ヒルダをより輝かせるためなのだろう。つまり、テティスはヒルダの引き立て役としてお茶会に連れて来られたわけだけれど、そんなのは大好物のケーキが食べられるなら耐えられた。

『ふふ、お家ではケーキなんてほとんど食べられないもの。……おいひぃ……』

せっかくだから二つ目も食べようか。そんなことを思ってケーキに手を伸ばしたテティスだったけれど、その折、オッドアイの少年と目が合った。

右目が緋色、左目が碧色の整った顔をした少年。何故か彼はこちらをじいっと見ているので、テティスはどうしたら良いのか分からず、咄嗟に『貴方も食べる?』と声をかけた。

これが、テティスとノアの初めての会話だった。

「ケーキを頬張っている君があまりにも可愛くて、ついじいっと見てしまったんだ。最後に残しておいた苺を食べている時なんて、もうほんっとに、可愛くて……」

以前、ノアのことを思い浮かべると、とある少年の顔が頭にちらついたことがあった。まさか同一人物だったなんて……と、テティスはぽかんと開けた口元を手で覆い隠す。

「……っ。あの時の少年がノア様だったなんて……。だから私の好物を知っていたんですね……。しかし、ノア様の今の瞳の色は薄い菫色……オッドアイではないのに……。あっ、そういえば先程読んでいた本に、膨大な魔力量が原因でオッドアイになることがあるって——」

口元に手をやって話すテティスに、ノアはゆっくりと頷く。

「そう、よく知ってるね。コントロールしきれないほどの膨大な魔力を有している者は、稀にオッドアイになるみたいなんだ。当時からそれは知られていたんだが、中々不吉というイメージが拭われなくてね。とはいえ数年前、魔力を完全にコントロール出来るようになってからは、緋色と碧色が混ざった今の菫色の瞳になったから、もう誰も俺のことをそんな目では見ないが」

「………」

両親はそんなことは気にせずに愛してくれたので、それほど辛い幼少期ではなかったとノアは語る。

けれど、おそらく何も思わなかったわけではなかっただろう。家族から愛されていたことは救いだろうけれど、それでもノアの心は少なからず傷付いたことがあったのではないかと、テティスは感じた。

「周りの子どもたちは親から俺に近付かないよう言われていたのか、あんなふうに話しかけてきた同世代の子はテティスが初めてだったよ」

「私はその……多分ケーキに夢中で……それに、私自身が誹謗の対象だったので、あまり人の個性に気をやる余裕がなかったと言いますか……」

「ああ。それでも俺は嬉しかったんだ。君が話しかけてくれたことも。俺にかけてくれた、あの言葉も」

お茶会会場で巡り合ったテティスとノアはその後、茶会から抜け出して、少し離れたガーデンを訪れた。

二人して芝生の上に腰を下ろし、自己紹介をするのも忘れて、様々な話をしたことを、ノアはまるで昨日のことのように覚えていた。

「あの言葉、ですか……？」

「そう。……当時、テティスが魔力が少ないことで無能だと言われていることをあまりよく知らなかった俺は、テティスにこう愚痴ったんだ。『魔力が多すぎるせいで人に嫌われるオッドアイになるくらいなら、こんな魔力はいらない』って。……その時、君は何て言ったと思う？」

ノアは少し泣きそうな顔で、穏やかに笑って見せる。

そんなノアの表情に、テティスの胸はきゅうっと音を立てる。そんな中、テティスは一言たりとも聞き逃さないよう、真剣に耳を傾けた。

「――人に冷たい目を向けられるのって辛いよね。分かるよ。けどね、沢山魔力があったら凄い魔術師になれるかもしれなくて、そしたら、困っている人を沢山助けることが出来るんだよ！それはとっても、とーっても、嬉しいことだと思わない？……って、テティスは言ったんだよ」

今でも、そう言ったテティスのことを思い出すと、胸が弾んで仕方がないのだと、ノアは語った。

まるで宝物を見るような眼差しを向けられたテティスは、何故だか無性に泣きたくなって、自身の唇が震えるのを感じた。

「そう、目をキラキラと輝かせて言ったテティスのことを、俺は好きになったんだ」

「……っ、ノア様……」

「その後、テティスが無能だなんて言われている理由をきちんと知ってね。テティスは魔力が少ないことで傷付いているのに、あんなに優しい言葉を掛けてくれたんだと知って、テティスに対する思いは募る一方だった。だから、本当ならもっと早く婚約の申し出がしたかったんだけど」

魔力のコントロール練習に、隣国の魔術学園への留学、突然両親が事故で亡くなって公爵を継いだり、筆頭魔術師も兼任していてあまりに多忙で、テティスに婚約の申し出をするのがかなり遅くなってしまったと、ノアは申し訳なさそうに話した。

実家では辛かっただろうと、本当にすまないと謝るノアに、テティスは力強くブンブンと首を横に振った。

「ノア様が謝ることではありませんわ……！」

「……テティス」

むしろ、そんなに前から自身のことを思ってくれていたのだと思うと、テティスは嬉しかった。辛かった過去の日々も、何だか救われたような気さえした。

「ノア様……っ、あの……！」

どんどんと溢れ出してくるノアへの思い。この思いをどうしても伝えたい、そう思ったテティスは彼をじっと見つめて、掴まれた手を力強く握り返した。

「私を愛してくださって、ありがとうございます。とっても、とっても、嬉しいです」

「ああ。テティス、君が好きだ。君だけが、好きなんだ。君だけを、昔も今も、ずっと愛している」

——今だからこそ分かる。淡い色のドレスが用意されていた理由も、テティスのどんな言動にもノアが笑顔を向けてくれたのも、ノアの甘い言葉も全て。

（お姉様じゃなくて、ずっと、私のことを思っていてくださったなんて……っ、それが、こんなに嬉しいなんて）

——その瞬間。テティスの手首にあるブレスレットが眩い光を放った。

あまりの強さにテティスたちは目を瞑ると、それはすぐさま元の輝きのないブレスレットに戻り、テティスとノアは同時に目を見合わせた。

「今のは、今までとは比べ物にならないほどの光でした……。もしかして、また魔力が増加したのでしょうか？」

「その可能性は大いに有り得るな。……理由は分からないが、念のために自分の魔力量や結界魔術の精度は把握しておいた方が良いだろう。テティス、疲れているだろうが、今から結界魔術を試してみないか？」

ブレスレットの原因不明の輝きに、甘い空気から一転して真剣な面持ちになった二人。ノアの提案にテティスが同意し、結界魔術を発動させようとした、その瞬間だった。

——バタン！

「テティス様失礼いたします！　あ‼　やっぱり旦那様こちらに居らしたのですね！　お部屋に

いらっしゃらないのでここかと思ったのですが、当たりでした……！」

ノックも忘れて入室するルル。突然のことにテティスとノアは目を見開くと、ノアは「何ごとだ」と言って立ち上がった。

すると、ルルは早口で突然の入室したことを謝罪すると、緊迫感のある表情で大きく口を開いた。

「大量の魔物が一斉に王都に向かって来ていると、たった今魔術省から連絡がありました‼」

「「……！」」

テティスとノアは、同じタイミングで互いの目を見合った。

（それは大変だわ……！　早く対策を打たないと、王都が……！）

思い出されるのは、約百年前の魔物の王都襲撃事件だ。

あの時はテティスとヒルダの曾祖母、エダー――今でも語り継がれるほどの偉大な結界魔術師が居たため事なきを得たが、今は違う。

結界魔術師が三人力を合わせても、エダーには遠く及ばないことは、魔術に詳しい者ならば皆知っていることだった。

魔術師たちが魔物を迎撃することに成功したとしても、魔術師たちの魔術が結界を貫通した場合、被害は小さくないことは想像に容易く、楽観視できるような状況ではなかった。

「分かった。夜だと魔物の移動速度は極めて速いから、今から準備をするとなると……王都の外れで迎え撃つことになるか。支度が済み次第直ぐに発つから、馬の準備をしておいてくれ」

「かしこまりました！」

緊急事態にも慣れているのだろう。

焦った様子はなく、的確にルルに指示を出したノアだったが、バタンと扉が閉まると、そんな彼の表情が僅かに青ざめていることに、テティスは気付いてしまったのだ。

こんなノアの顔を見たことがなかったテティスは、震える声で彼の名を呼ぶことしか出来なかった。

「ノア様……？」

「ああ、済まないテティス。俺がこんな顔をしていたら、君を不安にさせてしまうな」

「そんな……」

こんな時でも、ノアが心配してくれる。もう、ヒルダの代わりだなんて思わずに済むという事実は紛れもなく嬉しいはずなのに。

（私……私は……）

嬉しいという感情よりも、テティスにふつふつと湧き上がってきたのは、どうにかノアの力になりたいという、そんな思いだった。

（どうしたら、どうしたらお役に立てる……？）

そんなふうに思考を働かせたテティスだったが、その結論は思いの外早くに出た。もう、あの頃の無能なままの私ではないのだから、と。

「あの、ノア様、私も現場に付いて行くことは可能でしょうか？」

「……！　ダメだ。結界魔術が使えるようになったとはいえ、テティスは結界魔術師ではないし、危険すぎる」

「分かっています……！　けれど、ジッとしてなんていられませんわ！　私のこの力は、少しくらいならお役に立てるかもしれないのです……！」

何も自身が、エダーのような偉大な結界魔術を発動できるだなんて思っていない。

セドリックはおろか、ヒルダと比べても現場経験は少ないし、非常事態で、いつものように結界魔術が発動するとも限らない。

けれどテティスは、誰かを助けられるかもしれない、誰かを守れるかもしれない能力が芽生えた今、自分は安全な場所に居てノアの帰りを待っているなんて、そんなこと出来なかった。

それに、何より――。

「どうか、お願いします……！　ノア様の、ノア様のお役に立ちたいんです…………‼」

「……っ」

すると、しばしの沈黙の後、ノアはふぅ、と小さく息を吐いた。呆れたというよりは、根負けした、というのが表情の細部に現れていた。

「分かった。だが、基本的に無茶はしないこと。自分の身を一番に考えること。これだけは守ってくれ。分かったかい？」

「はい！　ありがとうございます……！　必ず……！」

テティスの言葉に、深く頷くノア。

そうして、部屋から出ていったノアの背中を見つめてから、テティスも直ぐに行動に移る。

ノアに指示をされたのか、直ぐに来てくれたルルに手伝ってもらいながら動きやすい格好へと着替えたテティスは、正門の前で待ってくれていたノアと共に馬に乗って現場へと走り出した。

第十四章　奇跡は必然だった

現在、王都の外れでは、魔物を迎え撃つために迎撃体制がな敷かれている。

その中心にはノアの姿、そしてこの場の管理責任者である第二王子のリーチの姿があった。

その他にもリュダン、セドリック、もちろんヒルダの姿もあり、全員で陣形を確認しているのを、テティスは遠目から見ていた。

（今の私は部外者なんだもの。とにかく、邪魔だけはしないようにしないと）

夜目があまり利かない人間に、暗闇はそれだけで不利だ。

そのせいで陣形の確認もスムーズに出来ず、王都に暮らす人々の避難も順調にはいっていないという声がちらほら聞こえてくる中、テティスは飲み込まれてしまいそうな暗闇を見つめる。

（ノア様たち魔術師の魔術は強力。魔物に負けることはないでしょうけど、強固な結界を使わないと魔術師の魔術によって王都に被害が出てしまう。つまり、重要なのは結界魔術師たちの連携と、その結界の精度なのよね）

そのため、結界魔術師たちは三人で王都の中心を囲うように結界を張るのだ。

そうすることで、魔術師たちは被害を考えることなく力いっぱい戦える。というのが、今回の作戦なのだけれど。

（あのお姉様が……協力なんて出来るのかしら……）

もちろんこれは、三人の力を合わせた結界が、かなり強固なものになるという前提の話である。ヒルダのことを誰よりも知っているテティスは、そもそもこの作戦で大丈夫なのだろうかという不安が胸に渦巻いた。

「――あら、何でここに無能が居るの？」

不安を胸に抱えていると、聞き慣れた声と聞き飽きるほど言われてきた『無能』という言葉に、テティスは視線を彼女に寄越した。

相変わらず見た目は美しいが、前までのように羨ましいと思うことはなかったのは、おそらくノアに愛されているのは自分だからという自信を持ったからなのだろう。

「お姉様……」

もしや作戦会議を抜け出してきたのかと思ったが、さすがにそうではなかったらしい。

先程まで作戦会議をしていた場所には誰もおらず、ノアはテティスに声を掛ける余裕もないほど忙しそうに動いている。そんなノアがリーチと共に現場の指揮をしながら、少し離れたところへと歩いていったのが、テティスの視界の端に映った。

「あらまあ、テティスって本当に可哀想なのね……。ノア様ってば、いくら愛していないとしても、こんな状況の時くらい、一応婚約者のあんたを屋敷で匿ってくれれば良いのにねぇ」

ヒルダは、テティスが結界魔術を使えるようになったことを知らない。

それに、未だにヒルダこそがノアに愛されていると疑っておらず、どうやらテティスのことは酷い目に遭わせるために連れてこられたのだと思っているらしい。

「無能のあんたがここに居たって、魔物の餌になるだけなんだから。あ、もしかしてノア様はそれが狙いかしら？　まあまあ可哀想な妹だこと！」

「いえ、それは違い――」

しかし、否定しようとしたテティスの声は、聞き慣れない夥しい声に掻き消された。

「あれは……魔物の集団……！」

魔物が現れると、ヒルダはテティスに「無能は邪魔よ！」と吐き捨ててから、他の結界魔術師と共に王都の中心へ向かって結界を張る。

この結界は魔法や魔物は通さないが、人間は通れるようになっているため、テティスは事前にノアに言われていた通り、まずは自身の身の安全を守るため、結界の中に入って動向を見守ることにした。


――そして、戦闘が始まって半刻ほど経った頃だろうか。

「凄い……！　これなら……！」

次々に魔物を殲滅する魔術師たち。既に半分以上の魔物を倒し、士気は最大級に高い。

特にノアの強さと言ったら段違いで、こんな状況だというのに、見惚れてしまうほどだ。

以前、魔物の森に調査へ行った時にも彼の魔術は目にしたが、それとは比べ物にならないほどの高威力の魔術を、次々に繰り出している。側近のリュダンもノアに負けじと魔物を攻撃しており、テティスの目から見ても勝利は間違いなさそうだった。

（けれど、問題は……）

テティスは間近にいる結界魔術師たちに視線を移す。

王都を囲うほどの巨大で、かつノアたちの魔法を防ぐほどの強固な結界を、三人で魔力を操作しながら作り出すのは至難の業だ。

一人の時よりも格段に繊細な魔力コントロールと集中力が必要になることは、勉強をしてきたテティスには簡単に想像出来た。

そしてそれを成し遂げるためには、今までの努力が切っても切り離せない関係だということもまた、事実であった。

「そろそろ……まずいかもしれないわね……」

再三だが、テティスはヒルダのことを誰よりも知っているつもりだ。彼女の美しい見た目や、輝かしい結界魔術師という肩書だけでない部分——努力を嫌い、努力をしている人間を馬鹿にするようなところ。そして、自身の才能にかまけて、一切努力をしないところも。

「……あ！　お姉様の魔力が乱れ始めているわ……っ！」

そんなテティスの言葉と同時に、ゆらりと結界が乱れ始める。

ヒルダが流し込む魔力の乱れにより、結界が歪な形になり始めたことに気付いたのは、彼女の隣に居るセドリックも同じだったらしく、ギョっと目を見開いていた。

「ねぇ！　疲れたのだけれど！　まだなの⁉」

「っ、うるさいな！　喋ってないで結界に集中してよ‼　乱れてるでしょ⁉　見て分からないわけ!?」

「何よ……！　私に向かって偉そうに……！」

セドリックに注意されたヒルダは、カァっと頭に血が上ったのか、自らの失態を棚に上げて怒鳴り上げた。普段怒られ慣れていないヒルダからすれば、あの程度で自尊心が傷付けられたのだろう。

そんなヒルダの集中力が持ち直すはずはなく、彼女の手元から安定した魔力が供給されるわけはなかった。

（……本当にまずいわ……！　このままでは……！）

より一層結界が歪み、それは結界魔術に詳しいテティスでなくとも深刻な状況であることを理解出来るくらいだった。

そんな中、程なく壊れてしまいそうな結界にテティスの額に汗が滲む。お願いだから壊れないで、と神に縋るように願ったのだけれど。

「もうやめたわ！　疲れたもの‼」

「「は!?」」

ヒルダのそんな言葉に、セドリックと、もう一人の結界魔術師――ネムから上擦った声が漏れる。と、ほぼ同時に、テティスも焦りながら口を開いた。

「ちょっ、お姉様……！　何をしているの……！」

自身の才能にかまけて一切努力をせず、甘やかされるだけ甘やかされて育ったヒルダの辞書に、責任感や我慢などといった言葉はない。

まるで、気に入らない玩具を躊躇することなく捨てていた幼少期の頃のように、ヒルダは結界を作るために供給していた魔力を、いとも簡単に止めた。

すると、三人でようやく作り上げた結界はヒルダが抜けたことにより少しずつ薄くなり、魔力バランスが完全に崩れたことで、結界にムラが出来ていく。

そして同時に、ある魔術師の魔術が結界に当たったことにより、不安定な結界は薄いガラスのようにパリンと音を立てて瓦解したのだった。

しかしその瞬間、まず、文句を垂れたのは、結界が割れることとなった元凶のはずのヒルダだった。

「はあ⁉　ちょっとあんたたち何をしてんのよ‼」

「……⁉　元はと言えばヒルダ嬢が勝手に結界への魔力供給をやめるからでしょ‼　馬鹿なの⁉」

「そうよそうよ‼　セドリックの言う通りよ！　けど……今はそんな話をしてる暇ない……‼」

辺り一帯に響くほどの大声を上げたセドリックに続くように、ネムもヒルダに対して苦言を呈したけれど、確かに彼女が言う通り、今は言い争っている場合ではない。

この緊急事態に魔物が攻撃の手を止めてくれるはずもなく、結界が解けたことに気付いていない魔術師たちの容赦ない攻撃魔法が結界魔術師たちの近くへと次々と放たれた。

「きゃぁぁぁっ‼」

そしてその時、攻撃魔法の一つがネムの腕を深く負傷させた。

彼女が今直ぐ、再び結界を張るのは厳しいというのは、テティスの目から見ても明らかだった。

（この状況は最悪だわ……!!　こんなの——）

結界魔術師にとって一番きついのは、結界を作り始める時だ。結界が出来てしまえば一定量の魔力を供給するだけで構わないが、初めだけは大量の魔力を要する。

見たところ、職務放棄したヒルダは元より、セドリックやネムにも、そんな力は残されていないようだった。特にネムは負傷しているため、迅速な手当が必要だろう。

（どうしよう……このままじゃ街が！　人が……！　けど攻撃の手を緩めれば、ノア様たちに被害が及ぶかもしれない……！）

テティスの視界に、魔物と交戦中のノアの姿が映る。

火と水の二つの属性を巧みに使い分け、指揮を取りながら魔物に攻撃し、かつ仲間を守って戦っているその姿をテティスは心の底から誇らしいと思う。

そんなノアを心の底から守りたいと、ノアが守ろうとしているこの国を、テティスも共に守りたいと、強く思う。

（……ノア様、好きです。大好きです。どうか私に、もっと力を——）

——そう、テティスが祈った瞬間だった。

「この、光は……っ」

今までとは比べ物にならないほどの光。辺り一帯の暗闇を照らすほどの眩い光が、テティスのブレスレットから放たれている。

その光に、近くに居たヒルダやセドリック、ネムはもちろんのこと、戦闘中のノアやリュダンたちも気付いたようで、皆が目を見開いていた。

そして、眩い光の中心にいるテティスに対して、誰かがこう言ったのだ。「まるで女神が現れたみたいだ」と。

「この魔力量なら……出来る……‼」

ブレスレットの光は魔力量を示すが、たとえそれがなくとも、自身の体内に魔力が際限なく湧いてきているのがテティスには分かった。

今まで修行をしていなければ魔力の暴走が恐ろしくて扱えないほどの膨大な魔力だが、テティスに恐怖も、不安も欠片もなかった。

（大丈夫、私なら、大丈夫——）

今までの努力の全てはこの日のためにやってきたのだと、テティスは本能的にそう感じていたから。

「ノア様——私、貴方のお役に立てそうです」

テティスはそう呟いてから手に魔力を集め、それを薄く薄く伸ばしていく。広く、揺らぎなく、正確に、有り余るほどの魔力を込めて。

「——テティス、君はなんて子なんだ」

一瞬だけ、テティスへ視線を寄せたノアがそう呟いた瞬間、それは訪れた。

ヒルダたち三人がかりでもやっとだった広大な結界を、テティスは一人で、そしてより強固な結界を作り出したのである。

「凄い……」と呆然としながら口にしたのは、セドリックだっただろうか。

テティスの結界が続く限り、王都には傷一つ付かないことが確信できるほどの、圧倒的な精度の結界に、全員が目を瞠った。

「お前たち！　結界が張られている間にさっさと終わらせるぞ……!!」

「「お、おおおお!!」」

しかし、悠長にしている暇はない。テティスの結界がいつまでも続くなんて保証はない以上、短期決戦をするべきだと、ノアは各魔術師たちに指示を出していく。

魔術師ではないものの、この場の現場責任者であるリーチも同じ考えのようだった。


「何よ……その力……何であんたが……無能のはずなのに」

まるで奇跡が起こったのだと、エダーの再来だと皆が口々に言う中で、幽霊でも見るかのような眼差しをテティスに向けたのはヒルダだ。

――信じられない、あの女は誰？　私の知っているテティスは、才能のかけらもなくて、無駄な努力だけをしている愚かで、無能な、そんな、そんな子だったはずなのに。

だというのに、間違いなく、この場を救ったのはテティスだった。無能だと言われ続け、肩身の狭い思いをし続け、夢や努力を否定され、それでもなお。

夢を諦められず、弛まぬ努力をし続けてきたテティスこそが、この場に居る全員の――否、この国の希望だった。

第十五章　哀れな姉の名はヒルダ

それから半刻もしない内に魔物は殲滅されると、その場に居る全員がテティスの結界魔術により王都が守られたことを知ることとなった。

その広大な結界と強力さに舌を巻く者や、テティスに対して無能だという印象を持っていたことに罪悪感を抱く者が多い中、ノアはテティスに駆け寄ると、自身の腕の中に彼女を引き寄せる。

「テティス！　ありがとう……！　君のおかげで王都の中心に被害はなかった‼」

「ノア様！　人前です……！　人前ですよ……‼」

「そんなの構うものか。こんな奇跡——いや、奇跡じゃないな。こうも素晴らしい結界を張れたのは、魔力だけじゃなくて、テティスのこれまでの努力の成果だから」

「ノア様………」

そんなふうに言われたら、恥ずかしさよりも嬉しさが勝ってしまう。

テティスも控えめにノアの背中に腕を回すと、周りから拍手が沸き起こった。

やれやれといった表情で見てくるセドリックに「あっついなーお二人さん」と言いながら楽しそうに笑うリュダン、「女神が舞い降りたのかと思いました‼」と言って泣くネム。他のほとんどの者は、これ以上ないくらいに興奮し、歓喜の声を上げた。

そんな中、ドタドタと近付いて来る足音に、テティスは目を見開いた。

「ちょっとテティス……！　何なのよさっきの‼　説明しなさいよ‼　何で無能のあんたが、あんな……あんな結界を……‼　無能のくせにぃ‼」

今にも手を出しそうな形相のヒルダに、テティスはせっかくのノアの腕の中から出ると、力強い眼差しで見つめ返す。

いつも余裕な笑みを浮かべて馬鹿にしてくるヒルダの姿は、そこにはなかった。

「実は少し前から、急激に魔力が増えて、私も結界を張れるようになっていたのです。私はもう無能ではありませんわ、お姉様」

「はあ？　何を偉そうに‼」

「それに、この場に居る全員と、民たちを危険に晒したお姉様には、不満を呈するよりも先にすることがあるのではないですか？　誠心誠意謝罪すれば気持ちは伝わるはずですから、どうか」

「私が謝罪ぃ？　あんた頭沸いてるんじゃぁあ――」

そこでヒルダは、自身を見ている人たちの視線に気が付く。

セドリックやネムはヒルダを間近で見ていたのでもちろんのこと、魔術師たちの何人かもヒルダの暴挙を目にしており、それは既に現場中に広まっていた。

集中を欠いて結界を乱れさせたことから始まり、仲間の至極真っ当な発言に勝手に苛立ち、あまつさえ身勝手な理由で結界への魔力供給を独断で停止。

そのせいで仲間を危険な目に遭わせ、王都も危険に晒し、それを救ったテティス――救世主に詰め寄るヒルダへの視線は、過去に彼女が一度も向けられたことがないようなゾッとするほど冷たくて、ゴミを見るようなものだった。

「何よ……っ、何で私にそんな目を……！　私は凄いのよ⁉　私はねぇ！　……あっ、そうだわ！　ノア様！　ノア様ならば、私の味方になってくださいますよね⁉」

テティスに寄り添うノアに、ヒルダは縋るような視線を送る。

自身のことを好いていると疑わない哀れな女――ヒルダ。

テティスを今まで傷付け続け、婚約の件でも余計なことを言い、仲間や民たちをも危険に晒したヒルダはまだ、ノアならば助けてくれると疑っていないらしい。

ノアは「ハッ」と嘲笑うように息を吐いて、並々ならぬ怒りを孕んだ視線をヒルダに向けた。

「俺は君に名前で呼ぶことを許可した覚えはないし、天地がひっくり返っても、俺の愛するテティスを無能だと言い続けた君の味方になることなんてない」

「ノ、ノア様……？　今は冗談を言っている場合では……」

「は？　君は結界魔術師として未熟なだけではなく、おつむも弱いらしいな。何とも愚かで、可哀想に」

ノアの言葉に、ヒルダはピシャリと固まる。

「未熟……？　愚か……？　可哀想……？　この私が……？」

てんで理解できないというように、瞳の奥をゆらゆらと揺らすヒルダは、未だ現実を受け入れられないようだった。

そんなヒルダに対して一切同情を持たないノアは、もう一度自らの腕の中に愛おしい人を迎え入れてから、ヒルダに視線を寄せた。

「ああ、それと、俺は君のことがこの世で一番嫌いだ。テティスの身内でなければ今直ぐ魔物の餌にしてやりたいくらいにな」

「……はあ？　何なのこれ、何なのよ、これ、夢……？」

両親に甘やかされ続けたヒルダには、こんな状況は到底受け入れられないだろう。

テティスが愛されて、自身は大嫌いだと言われる未来なんて、一生来るはずないと思っていたから。

「ノア、今回の立役者である君の婚約者を紹介してくれ」

そんな時、聞き慣れた声にヒルダは希望を見出した。

信じがたい現実にふつふつと怒りが湧いてきていたけれど、彼の登場によりこの状況は一転するだろうと、ヒルダは考えたからである。

「っ、リーチ様……‼　助けてくださいリーチ様ぁ‼」

現場の最高責任者であり、自身の婚約者であるリーチ。

テティスやノア、その周りからの叱責や悪意ある視線など、婚約者であるリーチに罰してもらえば良いのだからと、ヒルダはリーチに見られないようにほくそ笑んだ。

──見ていなさいよ。テティスにノア様、それに周りの雑魚たちも！

ヒルダは、ノアに話しかけたリーチの下へと小走りで近付いて行く。とっておきの上目遣いを見せ、リーチの腕へと絡み付いた。

「リーチ様聞いてください！　ノア様も妹も酷いのです……！　まるで私が全て悪いみたいに言うんですよ？　謝罪しろとか、愚かとまで！　結界魔術師であり、リーチ様の婚約者である私に何て言い草だと思いません？　いっそのこと、この場に居る者たちを皆不敬罪で――」

その時、リーチの視線がじろりとヒルダへ向かう。最近は冷たかったとはいえ、婚約者なのだからいざという時は守ってくれると、そう思っていたというのに。

「不敬は貴様だ、ヒルダ・アルデンツィ。元婚約者の分際で、何様のつもりだ」

「もと、こんやく、しゃ？」

ヒルダの人生において、戦慄して声が震えたのは、この時が初めてだっただろう。

「……聞き間違い、ですわよね？」

ヒルダは自身が一番可愛く映るはずの上目遣いを続けるものの、リーチが冗談だと笑う様子はない。

どころか、見れば見るほど眉間のシワが濃くなっていき、リーチの腕に絡めていたヒルダの腕は、ぷらんと落ちた。

「間違いなわけないだろう。陛下も了承済みで、書類の手続きも既に終えている。これは決定事項だ」

「そ、そんな‼　私は聞いていませんわ……！　両親だってそんなの納得するわけ……」

「確かに、一般的に婚約を取りやめる場合は互いの家の同意がいる。その場合は、君の両親は絶対に婚約破棄なんて認めないだろう。だが――」

ヒルダはまさか自分の身にそんなことが起きるなんて露とも思わなかったので、詳しくは知らなかったけれど、ちらりと聞いたことがあった。

婚約の段階にある時、一方の本人、又は家族が何らかの罪を犯した時、もしくは犯した可能性が極めて高い場合、もう一方は同意がなくとも、強制的に婚約が破棄出来るということを。

「お待ちください‼　な、何故です……⁉　私は何も罪に問われるようなことはしていませんわ‼」

「覚えがないとは言わせないよ。以前私が君に言っただろう？　『最近、ヒルダを出せと、魔術省の入り口まで何度もやって来る平民が居るらしい』と」

「…………！」

ビクリと、ヒルダの肩が大袈裟に揺れる。さすがに思い出したらしく、ようやく事の大きさを理解したらしかった。

「半年ほど前、小さな集落の近くの森で、魔物が発生したことがあった。偶然近くに居た君は魔術師が来るまでの時間、結界魔術を使うことで時間を稼いでいたそうだね。だが、その後付近で一人の青年が重傷の状態で発見されている。……そして、何度も何度も、君を出すよう魔術省に足を運んでいたのは、その重傷者の兄だったそうだ。ここまで言えば、さすがに分かるな」

テティスはちらりとノアを見やるが、どうやら筆頭魔術師である彼にも、顛末は読めないらしい。

重たい空気の中、テティスは再びリーチとヒルダに視線を戻すと、その事実に心臓がどくどくと音を立てた。

「思いの外、魔術師の到着が遅く、努力や修行を一切しない君には、自分とその彼――二人分を守る結界を張り続けることは出来なかった。だから君は、自身が張った結界から彼を突き飛ばしたらしいな。その代わりに自分を守る結界は小さくして、魔力の消費を最小限に抑え、少しでも自分だけは無事で居られるようにしていたみたいじゃないか。彼が結界に入れてくれと頼んでも、『結界の範囲が広がると疲れちゃうから無理』と言って、魔物に襲われる彼をずっと見ていたらしいな」

「そっ、それは、違う……違うのリーチ様‼」

情けない、と額を押さえたリーチは、続け様に話し出す。

「しかし後で魔術師たちが現れると、その被害者に結界を張り、自分はちゃんと職務を全うしたけれど、到着した時には既に怪我を負っていた、と嘘をついたようだな。……重傷だった彼が目を覚ました時、全て兄に話したそうだ」

結界魔術師は、アノルト王国にとって輝かしい存在だというのに。

ヒルダは自身の未熟な能力を一切省みず、その青年を見捨て、あまつさえ嘘をついたのだ。

リーチは、複数人の魔術師がヒルダに不満を持っているということを婚約をしてから知ったので、何かヒルダが問題を起こしたのではないかと、隠れて調べていたのである。

それでも、一度は婚約者として愛そうと思った女性だ。ヒルダに何も落ち度がないことを願ったし、これからヒルダが少しずつでも変わってくれることを願った。

自身の能力に慢心せず、結界魔術師の能力を持たない者のことや、努力する者を馬鹿にしないような女性に変わっていってくれないかと、そう願い、本を貸したり、共に勉強をしようとしたり誘ったこともあった。

しかし、そんなリーチの願いは、ヒルダと過ごす時間が増えるたびに、無理だと悟るようになった。

そして此度の事件だ。リーチは、ヒルダとの婚約を破棄することに一切迷いはなかった。

「それに、この件が今まで公にならなかったのは、君が両親に情報操作を頼んだからだったんだな。その被害者の兄は、周りから嘘つき呼ばわりされ『ヒルダ嬢への歪んだ恋心を持っているから、彼女の評判を下げようと嘘の吹聴をしている』と言われているらしい。おかげで、哀れな男の戯言だと、大事になることはなかった」

「そ、それは……その………」

「証拠も揃っている」と冷静に淡々と告げるリーチ。

言い淀んでいるヒルダの姿も相まって、これは事実で間違いないのだろう。

「お姉様も……お父様たちも……何をしているの……っ」

あまりにも愚かな姉、そして両親の行動にテティスは家族として罪悪感に苛まれる中、そんな心情を察したノアは力一杯テティスを抱きしめた。

「テティス、君が悪いんじゃない」

「けれど……っ、姉妹として、家族として、その方たちに申し訳がなくて……」

その時、カクン、とヒルダの両膝が地に突いた。

瞳からは光が消え失せ、背筋は曲がり切っている。

いつも自信満々で、自身のことを天才だと称するヒルダの姿は、そこにはなかった。

「ヒルダ嬢、改めて言おう。私、リーチ・アノルトは、君との婚約を破棄した。先程話した件、そして今回、仲間や民を危険に晒した罪は軽くはないぞ。もちろん、情報操作をして罪の隠蔽に加担した君の両親にも罪は償ってもらう。詳細は追って沙汰を出す」

「いやぁぁぁぁぁ‼　嘘よぉぉ‼　私は天才なの‼　凄いの‼　私は――」

ヒルダの叫び声の残響が、ここにいる全ての者たちの耳に纏わりつく。

しかし、誰も耳を塞ぐことも、目を逸らすこともしなかった。

――もしかしたら、私が、僕が、ヒルダのようになって《ああなって》いたかもしれない可能性を、本能的に感じ取っていたからだ。

「――君が少しでも自身の能力を磨いていたら努力をすることを馬鹿にするような人間でなければ、こんなことにはならなかったのにな」

リーチのそんな言葉に、ヒルダはふと、顔を上げた。見つめた先はリーチでもノアでもなく、馬鹿にし続けてきた妹のテティスだった。

――幼少期から天才として育てられ、結界魔術師として周りにチヤホヤされたヒルダ。

魔力の少なさから、ずっと無能扱いされてきたテティス。

自身の能力を過信し、努力とは無能がするものだと見下し続けていたヒルダ。

無能だと罵られても、夢を馬鹿にされても、努力を諦めなかったテティス。

「何で、あんたなんかが私を見下ろしてるのよぉ……っ」

「………」

そんな言葉を最後に、ヒルダは連行されていった。

テティスはヒルダに対して何も言えなかったけれど、彼女が少しでも反省し、心を入れ替えることを祈っていた。


ヒルダの断罪を食い入るように見つめていた一同だったが、本人が連行されたことで、ポツポツと散り始めた。

魔物の後処理をする者、住民たちの無事を確認する者、負傷者を手当する者や、病院へ運ぶ者等々、皆が慌ただしく行動を始めたのである。

それを感じ取ったのか、テティスも落ち込んでばかりはいられないと、ノアにありがとうございますとだけ告げると、その腕から抜け出した。その温もりや安心感からずっと抱き締められていたいと思ったけれど、そんなわけにはいかない。

リーチは当初、テティスに話をするために足を運んでくれたようなので、真摯に対応しなければいけないと思ったのだ。

「これで落ち着いて話が出来るな。テティス嬢、まずは王都を救ってくれたこと、礼を言う。ありがとう」

王族であるリーチの深いお辞儀に、テティスは同じように頭を下げる。

「当然のことをしたまででございます。お礼を言われるようなことは、何も。むしろ、姉のことは大変申し訳ございません」

「いや、君が関与していないことは調べがついているから謝る必要はない。それにしても、なんて謙虚な……」

ヒルダのこともあって、リーチはテティスのことが天使のように見えてならない。

他意はなかったものの、リーチがテティスをじっと見つめると、そんなテティスの肩を力強く抱き寄せたのは、何やら不服そうな顔をするノアだった。

「テティスは俺の婚約者ですよ、殿下。いくら彼女が天使のように可愛らしく、結界魔術師としての才覚にも溢れ、弛まぬ努力もするような非の打ちどころのない女性だとしても、絶対に殿下にはあげませんからね」

「ノ、ノア様何を仰ってるんですか……!!　殿下にそんなつもりはないに決まってるじゃありませんか……!!」

「いや、ノアの婚約者じゃなければ、私の婚約者にならないかと口説いていたかもしれないな」

「………。はい!?」

結界魔術師としての才覚は、この場に居る全員が知るところだ。全く申し分ない、どころか偉大な結界魔術師――エダーの再来ならば、これ以上の相手はない。

ノア曰く弛まぬ努力をしているらしいし、性格も謙虚で、王族の妻になるに相応しい。

けれど、それはテティスに婚約者が居ないか、もしくはろくでもない男が婚約者だった場合の話である。

「安心してくれ、ノア。私は人のものをどうにかするような下衆ではないし。彼女に何かをして、お前に暴動でも起こされる方が恐ろしい。簡単にこの国は滅ぶだろうよ」

「……殿下が聡明であられて、心の底から嬉しく思いますよ」

「……ハッ、よく言う」

そんなやり取りを遠くから聞いていたセドリックは「ほんとに男の嫉妬って醜いよね……」とボソリと呟いたという。

そんなセドリックの呟きを聞いていたリュダンの、「お前がよく言う」という声は、風に掻き消されて誰の耳にも届くことはなかった。

◇◇◇

テティスとノアが屋敷に戻ってこれたのは、すっかり朝日が昇り切った頃だった。

「ご無事で何よりです……！」と駆け寄ってきてくれるルルとテティスが抱擁する中、テキパキと湯浴みや食事の準備の指示をするヴァンサン。

他にも沢山の使用人たちが、テティスとノアを出迎えてくれた。

（この屋敷に来た時は、こんなふうに出迎えてくれるのは、お姉様の代わりとして丁重に扱ってくれてるからだと思っていたけれど……）

それが間違いだったと分かったからだろうか。

以前よりもサヴォイド邸に愛着が湧き、より一層使用人たちのことが大切に思えてくる。疲れているることも多少影響してか、テティスはふにゃりとした笑顔を見せた。

「うっ……テティスのその笑顔、可愛すぎる」

「えっ……!?」

可愛いと言われるのは素直に嬉しいものの、エントランスでグダグダしていては使用人たちに悪い。口元を押さえて悶えるノアの背中を軽く叩き、テティスはうんと背伸びをすると、彼の耳元に唇を寄せた。

「ノア様……可愛いと仰ってくださるのはとても嬉しいのですが、今はその……」

「……ああ、うん。テティスのそういう真面目なところも大好きだよ」

「……っ」

(だっ、大好きって……全然伝わってなくない!?)

そう思ったテティスだったけれど、さすがに人の上に立つ立場でもあるからだろうか。ノアは緩んだ頬を引き締めると、使用人たちの方向に向き直って、口を開いた。

「皆、出迎えご苦労。心配をかけたな」

「「お帰りなさいませ！　ノア様！　テティス様！」」

「皆さん、ありがとう。……ただいま帰りました……！」

それからテティスはノアに頭を一撫でされてから、部屋で休むよう言われた。もう少しノアの近くに居たいという気持ちがあったものの、自身も疲れているし、何よりノアを早く休ませてあげなければと、その場は別れた。

そして、テティスは湯浴みをしてから、髪の毛を粗方乾かすとベッドへと沈んだ。

ルルからは食事はどうするかと聞かれたが、湯浴みで体がポカポカになったせいか、食欲よりも睡眠を欲していたのだ。

（それにしても、昨日の夜から色々あったな……。ううん、色々なんて一言では、語り尽くせないわね……）

ノアと昔に会っていたことを知り、彼がヒルダではなくテティスを愛していると言ったこと。

魔物の襲来に、自分でも驚くほどの膨大な魔力による結界魔術を発動することが出来たこと。

ヒルダは婚約破棄され、家族もろとも何かしらの罰を受けること。

思い返せば、たった半日で処理が出来る情報量ではなかった。本来なら眠気など襲ってこないほど、頭が情報過多でパンクしそうなのだけれど。

「でも……眠たい……」

ヒルダを含めた家族のことは、テティスがどうこう出来るレベルの話ではない。

現時点では魔力の増加についてもこれといった確証はなく、今日発動したような結界魔術がいつでも使えるのか実験しなければと思うものの、さすがに肉体的にも精神的にも疲労困憊で、結界魔術を発動する気力は残されていなかった。

そんな状態だというのに、落ちてくる瞼に必死に抗いながら、テティスは愛しい人の名前をポツリと零す。

「ノア……様……」

ゴロンと寝返りを打てば、ひんやりとしたシーツが肌に触れる。

けれど、ノアのことを考えただけで熱を帯びる身体には、これくらいの冷たさがちょうど良かった。

「私も、ちゃんと好きって、伝え、なきゃ……」

夜会の後、ノアから愛していると告げられたテティスは、自身の思いを口にすることが出来なかった。

まあ、不可抗力な部分が大半ではあったが、ようやく冷静に考える時間が出来たテティスは、枕にボスッと顔を埋める。

ノアの優しい声も、その声で名前を呼ばれることも。一緒に食事を摂ったり、他愛もない会話をしたり、身体が触れたり、その全てがどうしようもなく――。

「好き……ノア様……す、き…………」

その言葉を最後に、テティスは夢へと誘われた。

好きだと伝えたら嬉しそうにはにかんで、喜びの花を飛ばすノアの表情を薄っすらと脳裏に浮かべながら。

第十六章　甘いショートケーキ

「やっと……！　お休みだわ……‼」

　魔物の襲撃からちょうど二週間が経った頃。テティスの日々は、今までと明らかに変わってい
た。

　ノアに思いを伝えようと決意したものの、それが未だに叶っていないのは、ひとえに激務に追
われていたからである。

「お肌を調えてからお化粧をいたしますね」

「ルル……ありがとう～癒やされる……」

「ドレスも、とびっきり可愛いものを選びましょう！　髪の毛も沢山いじらせてくださいま
せ！」

「ええ！　ええ！　もう好きにして！」

　ここ数日は常に帰りが遅かったため、朝の身支度にゆっくりと時間をかける暇がなかった。

　食事もノアと同じ時間に摂ることが叶わず、どころか互いに屋敷に帰れない日もあったくらい
だ。

　そんな環境に多少の不満はあったものの、テティスとしては日々のワクワクの方が大きかった。

　もちろんあまりに多忙でノアにあまり会えないことも、彼との時間がゆっくり取れないせいで

好きだと伝えられていないことも問題ではあったのだが——。

「よし、出来ました！　職場へ行かれる時のテティス様も素敵ですが、今はその数倍素敵ですわ！」

「ありがとう、ルル。魔術省から頂いたローブも良いけれど、久しぶりにノア様とゆっくりお茶を飲める今日は、可愛いドレスが着たかったの！　それじゃあ、行ってくるわね！」

ルルと共に選んだお気に入りのドレス。髪の毛も普段と変えてアップスタイルにすれば、なんだか不思議と気分も高揚してくる。

淡いオレンジのドレスをくるりと翻し、ノアが待つ中庭へとテティスは向かう。

正式に結界魔術師になったテティスの足は、これから愛おしいノアに会えるのだと思うと、まるで羽が生えたように軽かった。

「ノア様……！　お待たせして申し訳ありません……！」

中庭に着くと、既にノアの姿があった。

茶会のための準備をしていたヴァンサンは、テティスの登場によりささっと姿を消す。さすがヴァンサンという他ならない。

ノアは待ち人の来訪に、ガタリと勢い良く立ち上がってテティスへ駆け寄った。

「テティス！　ああ、テティス……！　屋敷ではほとんど会えず、書類の処理を早く済ませろとリュダンが口酸っぱく言うせいで魔術省では遠目で見ることしか出来なかった、この二週間は本当に長かった……！　会いたかった……！」

「は、はい！　私も会いたかったです、ノア様……」

顔を赤らめてテティスがそう言うと、「俺はまだ夢を見ているのか……？　夢なら醒めないでほしい……」とノアは髪の毛を掻きながら悶えている。喜びの花が見えそうなほどだ。

そんなノアの姿に胸がきゅっと音を立てたテティスは、なんだか恥ずかしくなってノアに着席してもらうよう促した。

小さなテラスの席。心地よい風が吹いていて、周りには数え切れないほどの花々が咲き誇っている。

テティスはヴァンサンが用意してくれていたティーポットを使って紅茶を準備をしてから、ノアの向かいの席に腰を下ろした。

「――テティス。改めて、結界魔術師になれたこと本当におめでとう。自分のことのように嬉しいよ」

「ありがとうございます……！　なんだかまだ夢みたいですが、ここ最近の多忙が現実なんだって教えてくれているみたいです」

テティスの嬉しそうな様子は何よりなのだが、「それにしても多忙すぎるがな」、とポツリと呟いたのは、やや不服そうなノアである。

――魔物の襲撃があった二日後、テティスには王宮からの呼び出しがあった。内容といえば、国王直々にテティスに対して感謝の言葉を述べられたことと、正式に結界魔術師として国のために働いてほしいという打診だった。

もちろん、テティスは念願の夢だった結界魔術師になることを受け入れた。

幼少期からの念願の夢なのだから、それ自体は迷うことはなかったのだけれど。

それにしたって、まさかここまで多忙だとはテティスは夢にも思っていなかったのである。

「結界魔術師としての通常任務だけでも大変だというのに、魔力増加の研究への協力——確かにテティスにしか出来ないことではあるが、さすがにこん詰めすぎじゃないか？」

「けれど、一段落しましたので、明日からは夕方には帰れそうです。それに、ノア様も多忙の中で研究に協力してくださったと聞いています。ありがとうございます……！」

ふんわりとした笑みを浮かべれば、ノアもふわふわと花を飛ばすようにして、穏やかに笑う。

テティスはそんな大好きなノアの笑顔に、胸が温かくなった。

「あ、そうだテティス」

何か思い出したのだろう。

ティーポットなどが用意されているワゴンに手を伸ばしたノアは、中段に置かれていた白い箱を丁寧に掴んで、テラステーブルへと置く。

（一体何でしょう……？）

興味津々といった様子のテティスが覗き込むと、ノアは彼女の喜ぶ顔が目に浮かんだのか、「あはは」と声が漏れてしまう。

そんなノアがテティスに見えるようテーブルの真ん中にずらしてから開封すると、まるでルビーのようないちごが沢山載った、キラキラとしたケーキが姿を現したのだった。

「こ、これは……‼　なんて美しいのでしょう！　まるで宝石みたいです……‼　それにとっても美味しそうです……‼」

「街で有名なパティスリーのケーキなんだ。今日が楽しみすぎて準備しておいたんだが、喜んでもらえたかい？」

「も、もちろんです……！　ありがとうございます……！」

店名を聞くと、人生で一度は食べてみたいと思っていたパティスリーのケーキだった。テティスは興奮が抑えられないのか「わぁ～」「ひゃ～」などと少し間の抜けた声を出してた。

（ここって、開店前から何時間も並ばないと買えないんじゃなかったかしら⁉）

以前、そんな話を聞いたことがあったテティスは、こちらをニコニコと見つけてくるノアに視線を寄せる。

至極楽しそうに笑っているが、よく見れば目の下には疲れがあった。ノアには魔術師としての仕事だけでなく、公爵としての仕事もあるので、本当は誰よりも忙しく、休みたいはずだというのに。

（それでもノア様は、こうやって私のために……）

――嬉しい、嬉しすぎる。

テティスは、喜びをまぶたに浮かべて、淡いピンクの口紅が塗られた唇を弾かせた。

「ノア様、本当にありがとうございます……！　ケーキもですが、お気持ちが、嬉しいです……‼」

「君に喜んでもらえるならこれくらいなんてことはないさ。さあ、食べよう？」

「っ、はい……！」

テティスはゴクリと生唾を飲んでから、柔らかなスポンジへとフォークを通す。ふんわりと軽く、食べなくとも美味しいことが分かるそれを一口、口に入れる。

「んんん‼　もう……ちょっとこれは……美味しすぎて……言葉にならないというか……蕩けるというか……凄いというか……。美味しすぎると語彙力がなくなってしまいます……」

「はは。それは良かった。確かに美味しいね、これ」

甘味と酸味のバランスがあまりにも良すぎるせいで、フォークが勝手に動くようだ。

テティスがもぐもぐと美味しそうに頬張っていると、何とも幸せそうな笑みを浮かべたノアが、カチャリとフォークを置いてから口を開いた。

「それにしても、仕事はもう慣れたかい？　嫌なこと言ってくる奴は居ない？」

「はい！　自分でも驚いているのですが、皆さん大変良くしてくださって……」

もちろん、ぽっと出のテティスにときおり訝しげな表情をしてくる者や、何やら意味ありげな目でじっと見てくる者も居るが、今まで無能無能と罵られてきたテティスからすれば、そんなのなんてことない。

ほとんどの者が王都を救ったテティスに対して友好的であり、中には尊敬の眼差しを向けてくる者だって居る。ノアの婚約者というのもあって、直接喧嘩を売ってくる者も居なかったし、現時点で大きな障害はなかった。

「そうか。それは良かった。もしも何かあったら、一人で抱え込まずに直ぐに言うようにね」

「はい、ありがとうございます」

「……いや、違うな。何にもなくても出来るだけ話してくれ。……悪い虫が付いてからじゃ遅いから」

「虫……？　魔術省で虫は見たことがありませんが……」

ぽかんとしながらも、とりあえず心配をしてくれていることだけは理解したテティスは、改めて頑張らなければと胸に刻む。

そんな中で、ノアは「一つ言わなきゃいけないことがあるんだ」と、やや言いづらそうに口を開いた。

「これはまだ公になっていないんだが、リーチ殿下が話してくれてね。家族であるテティスにも、事前に話す許可はもらったよ」

「えっ」

「君の家族に、どういう罰が下るのか話しておくね」

固唾を呑むテティスに対して、ノアはゆっくりと語り出した。

「まずヒルダ嬢だが、結界魔術師の資格を剥奪されることが決まった」

「……！」

確かに、結界魔術師として起こした事件だったので、その資格が剥奪されるのは至極真っ当なことではある。

それでも、結界魔術師の数は少なくかなり貴重な存在であるため、その判断にテティスは僅かに目を見開いた。

「ではお姉様は、今後結界魔術の使用を禁止されるのですか？」

「そのことはかなり議論されたらしいが、結論としては彼女は魔術省の更生機関に送られることになったようだよ」

「なるほど……。そういうことですか」

魔術省に勤めることが出来るのは、魔術師や結界魔術師などの何かしらの正式な資格を持っている者がほとんどである。

対して、魔術省の更生機関は過去に問題を起こし、資格を剥奪された魔術師たちの集まりだ。

更生機関では、魔術や魔力についての勉強や、魔力コントロールなどの基礎練習、基礎体力の向上や、魔術師等になった時の心構えを学ぶのは大前提だが、人としての在り方も厳しく矯正される。

もちろん、無資格のため更生機関外で魔術を使うことは禁止されているし、そもそも鉄格子で囲われた施設のため、外に出ることは出来ない。食事も質素で、寝床や服装も平民以下の扱いらしい。

今まで我儘放題が許されるほど甘やかされ、欲しいものは何でも与えられ、努力や勉強を馬鹿にし、自身のことを天才だと思って生きてきたヒルダにとっては、耐え難い環境だろう。

（大嫌いな努力や勉強を強要されることは、お姉様にとっては一番の罰かもしれない……）

ヒルダの姿を想像し、テティスはそんなことを思う。

「本来ならば、もっと重たい罰が妥当だが……一応今まで結界魔術師として多少は役に立ったこともあったことと、結界魔術師が希少な存在であること、未熟な彼女に結界魔術師としての資格を与えたこと自体にも問題があるとされたこと、魔術師のネムが比較的軽傷で済んだこと、被害者の回復が順調なこと、何より王都を救ったテティスの身内であることから、これが妥当だと見做されたようだ」

「……そうだったのですね」

「能力の向上はもちろんだが、彼女が深く反省し、心を入れ替えたと判断された場合のみ、更生機関からの卒業、結界魔術師としての復帰が認められる。……まあ、あの様子だとほぼ無理だがな」

因みに、もしもヒルダが更生機関で何か問題を起こした場合、もしくは三年経っても彼女の考え方や態度が変わる兆しがないと判断された場合は、修道院送りになるか、酷い場合は投獄もあるらしい。

改めて姉であるヒルダの罪の重さを、テティスは痛感した。

「被害者の方への謝罪は済んだのですか？」

「一応な。直接謝罪は済んでいて、治療費と慰謝料を払ったようだ。結局はお金の解決になってしまうが……それでも何もないよりはマシだろうという判断らしい。ああ、あと、テティスの実家のことだが」

――ノア曰く、アルデンツィ家は罪の隠蔽に協力し、被害者の兄の名誉毀損をしたということで、被害者の兄への慰謝料の支払いと、国に領地の七割を没収されたそうだ。

ヒルダが結界魔術師になったことで得られた多額の報奨金は全て返済を義務付けられ、もちろん、テティスが結界魔術師になっても報奨金は家のものにはならず、テティス個人に入ってくるように根回しは済んでいるらしい。

これらはノアが筆頭に話を進め、一切反対の声は上がらなかったらしい。

「潤沢な資金で回っていた家でしたから、おそらくこれから大変でしょうが……同情の余地はありませんね。被害者の方も、そのご兄弟の方も、一日でも早く今まで通りの生活が出来ることを祈るばかりです」

「そうだな。……と、まあ、テティスの家族についての話はこれでおしまいだ。さあ、続きを食べよう」

これ以上家族のことを考えても出来ることはない。

それならばこの時間を楽しもうと、テティスは再びフォークへ手を伸ばした。

(それにしても……)

会話を楽しみながらノアを観察していると、公爵家に生まれただけあって、彼の動きは洗練されている。

テティスは一瞬そんな彼に見惚れながらも目を逸らし、再びケーキを口に運ぶと、ノアがあまりにもじいっと見てくる視線に気が付いて、気まずそうに俯いた。

「ノア様……そんなに見られると、恥ずかしいです」

「先に見てきたのはテティスだろう？」

「っ、気付いていたのですか……!?」

「ああ。もうテティスが誤解しないように、どんな些細なことでもしっかりと俺が見ていようと思って」

「………っ」

（そんなの……そんな勘違い、もう出来るはずがないわ……）

無能だと言われ続けたことで自信をなくし、ヒルダの言葉により、ノアの好きな相手について誤解していたことは記憶に新しいが、もうあんなことにはならないだろう。……いや、ならない。

それはもう、テティスにとって確定事項だった。

（だって、今はノア様の目を見ていれば分かるもの）

好きだと、大好きだと、愛していると、愛してやまないと、その目から伝わってくるのだから、誤解のしようがない。

ノアの熱を帯びた瞳がそう雄弁に語っていることに、今まで気付かなかったことが不思議なほどだ。

（……私も好きだって、大好きだって、伝えたい）

——さて、それにしたって、どうやって切り出そうか。

人に対して好きだなんて伝えたことがないテティスは、脳内でその言葉を反芻させるだけで羞恥に溺れてしまいそうだ。

しかし、互いに忙しい身だ。今日伝えなくてはとテティスが意気込むと、ずいと伸びてくるノアの手に「えっ」と上擦った声が漏れた。

「テティス、生クリームが付いてるよ」

「………‼」

テティスの口端についた生クリームを、ノアは親指で優しく撫でると、その指を自身の舌でぺろりと舐めた。

ちらりと覗かせた赤い舌に、テティスの心臓はドクドクと激しく音を立てる。

「……美味しい。テティスの味がする」

「なっ、なっ、なっ⁉　私の味……⁉」

「はは、テティス顔が真っ赤だ。可愛いね。……本当に、可愛すぎて頭がどうにかなりそうだ」

ふわふわと花を飛ばしながらそんなことを言うノアに、テティスは恥ずかしさで冷静さを失い、言葉を失う。せっかく意気込んだというのに、羞恥で頭の中が空っぽになってしまったようだった。

けれど、そんなテティスの内心を知ってか知らずか、ノアの甘い言動は止まることを知らないらしい。

「一日でも早く入籍したいな」やら「ウエディングドレスを着るテティスを見たら泣く自信がある」やら、はたまたケーキをあーんしようとしてきたり。その時のノアの顔ときたら、まさに幸せを絵に描いたようなものであったり。

（好き……私、どうしようもなくノア様のことが大好きだ……私はこの方を幸せにしたい……！）

――その時だった。

テティスの手首にあるブレスレットが再び強い光を示したのは。

「どうして急にブレスレットが……信じられないが、まさか……」

ノアがテティスにあーんをしようとしている途中でそう漏らす中、テティスはブレスレットの反応についてようやく確信することが出来た。

（……そうだったのね）

瞬間、ふと頭に浮かんだのはエダーのことだ。おそらく彼女も後天的に魔力が増加したのだが、何故だかは分からなかった。けれど今ならば、はっきりと分かる。

（確かエダー様の名声が轟いたのは、その後ご結婚される殿方と出逢って直ぐの頃だったとか。あの時代には珍しく、恋愛結婚だったたって書いてあったわね）

なるほど、とテティスは内心で納得する。ここ最近、後天的に魔力が増加する現象が増えていることも、恋愛結婚が増えていることが背景にあるのではないだろうか。

そんなふうに考え込んでいるテティスに、ノアは優しく声を掛ける。

するとテティスは、どこかスッキリしたような顔つきで「あの」と呼びかけた。

「ノア様、私の魔力が増加した原因が分かったかもしれません」

すると、ノアは一瞬目を見開いてから、同意するようにコクリと頷いた。

「ああ、俺もだ。信じがたいが、もしかしたらテティスの魔力は心から人に愛されると増えるんじゃないかと思ったんだ。俺が傍に居る時に光っていることからしても、可能性は高いんじゃゃ――」

「確かに、そうですね。……けれど、私は違うと思うんです」

テティスも同じ考えなのではと思っていたノアは少し驚いた素振りを見せると、「じゃあ、テティスの考えは？」と問いかける。

まるで破裂してしまいそうなほどテティスの心臓の鼓動は煩かったけれど、今は何故か、それが酷く心地良かった。

「私が愛されるんじゃなくて、私が心から誰かを愛した時に魔力が増えるのかな、って」

――パクリ、とノアが差し出してきていたケーキを頬張るテティス。

その頬は真っ赤に染まり、口の中は蕩けそうなほどに甘い。それなのに程よい酸味があるから、やめられそうにない。

「テティス、それって――……」

第十七章　ぶわりと、喜びの花が飛んだ

ゴクンと咀嚼し終えたテティスは、柔らかな笑みを浮かべた。

「私、ノア様のことが好きです。大好きです。……このお屋敷に来てから割と直ぐに、あなたに恋をしました」

「……っ、テティス……！」

──その刹那、ガタンと立ち上がったノアは、向かい側に座るテティスの下まで向かうと、その細腕を握って自身の腕の中へと引き入れた。

「ノ、ノア様……⁉」

突然の抱擁にテティスは驚きと、底知れない喜びのようなものを感じて、彼の腕の中に収まっていると、耳元にノアの切なげな掠れた声が届いた。

「夢みたいだ……っ、テティスが俺のことを好きなんて」

「……っ、ノア様……」

「テティス、これからは絶対、俺の気持ち疑わないで……。俺はテティスじゃないと、駄目なんだ。……愛してるんだ」

「〜〜っ」

魔物襲撃の夜にもノアに愛の言葉は囁かれたはずなのに、まるで初めて言われたみたいに顔全

体を真っ赤に染めたテティスは、溢れ出る好きをもっと伝えたいと思い、おずおずと彼の背中に腕を回す。

自分からより密着するのは恥ずかしかったけれど、それよりも幸福感に満たされているのは、両思いだからだろうか。

「ノア様……私も、ノア様じゃないと嫌です。愛して、います」

「……っ、せっかく、我慢しようと思っていたんだけどな」

「えっ……？」

我慢とは一体何のことだろう。そんな疑問に駆られたテティスだったけれど、ノアが抱擁を解いて、見下ろしてくる瞳を見ると、熱を孕んでいることに気付く。

それから彼の美しい手によって顎を掬われたら、ノアの言う我慢とは何のことなのか、テティスは何となく察することが出来た。

「ノア、様……っ、あの……」

息遣いを肌で感じられるほどの至近距離で見つめ合って、顎を掬われている体勢なんて、人生で一番恥ずかしいと言っても過言ではないのに、彼から目が離せない。いや、離したくない、と心のどこかでテティスが願ったのかもしれない。

「……テティス、キスをしても良い？」

「……き、き、き、キス……っ」

「そう。テティスがどうしても嫌ならしない。だが、迷っているなら——」

そう言って、ノアは顎を掬った親指で、テティスの艶やかな唇をやんわりと撫でる。

ときおりふにふにと弄ぶように唇を押せば、押し返して来る唇の弾力に、ノアの眼差しの熱はどんどん上昇していった。

「――テティスの唇、俺にちょうだい」

「……っ、あっ……」

「……ふ。すごく目が潤んでるね。それに頬は真っ赤だ、可愛い。そんな反応されたら、テティスはキスを欲しがってるって解釈するけど、それで構わない？」

「〜〜っ」

キスをされるのは決して嫌じゃない。どころか、ノアの唇に触れてほしいとさえ思う。

けれど、テティスにはそれを口に出す勇気はなくて、だからその代わりに、ギュッと目を瞑って、小さく頷いた。

「――ありがとう、テティス、一生幸せにするからね」

ノアがそう囁いた直後、自身の唇よりもほんの少し冷たい柔らかいものが、重なり合う。

テティスはこんなに幸せで良いのだろうかと、何だか泣きたくなった。


――のだけれど。

(あれ!?　なんか長くない……!?)

テティスの熱が移ったのか、ノアの唇も熱くなっていく中、一向に離れる気配はない。

テティスはこういう男女の触れ合いというものをよく知らなかったけれど、社交界で令嬢たちの話に聞き耳を立てた際「初めてのキスはちゅって、一瞬しただけだった」なんて発言を聞いたことがあり、勝手にそういうものだと認識していた。

（けれどそうよね⁉　人それぞれ違うものね⁉　で、でも……息が～‼）

唇が塞がれているのだから鼻で息をすればいい。普段は簡単に出来ることなのに、ノアにキスをされている状況ではそれがなんとも難しかった。

そんなテティスは、このままでは本当に窒息してしまうかもと、ノアの背中をやや強く叩く。すると気付いたノアが、唇を離してくれたので、テティスは、ぷはっと空気を吸い込んで、肩を上下させたのだった。

「ハァ……ハァッ……」

「……ごめんテティス、少し長かった？」

「ち……ちょっと、だけ……ハァッ」

本当はちょっとじゃなくてかなりだったけれど。これはテティスの主観なので、控えめな上限にとどめる。

呼吸が少し整って来たのでちらりとノアを見つめれば、彼の瞳にはまだまだ熱が、というより、一層熱を孕んでおり、テティスは本能的に距離を取ろうとしたのだけれど、それは叶わなかった。

「逃げるのはなしだよ、テティス」

「…………！」

背中を叩いたことで緩まっていた腕の拘束が再び強められると、テティスは再びノアの腕の中にすっぽりと収まる形になる。

（抱き締められるのは嬉しいけれど、ちょっとだけ休憩がほしいわ……！）

呼吸がというよりは、精神的に。なんてったって大好きな人との初めてのキスなのだ。緊張により忙しく動く心臓が、そろそろ悲鳴を上げそうだ。

だから、テティスはノアの顔を見つめると、「少しだけ待ってください」と切なげな声で懇願したのだけれど。

「……だめ、まだ足りない」

「ひゃあっ、んんっ……！」

今度は片手で後頭部を押さえられてから、重ねられる唇。呼吸が上手く出来ないテティスのためにときおり唇は離してくれるものの、何度も何度も啄《ついば》むようにして重ねられる唇に、テティスは頭がくらくらくらした。

（さっきまでの、優しいだけのキスとは何だか違う……っ！）

呼吸は出来ているから脳に酸素は足りているけれど、ときおり角度を変えて降ってくる唇に、脳みそが痺れるような感覚が襲う。

テティスは無意識に、縋り付くようにノアの背中に回した手に力を込めて、彼のジャケットを力強く握り込んだ。

（もう……何も考えられない……っ）

唇を貪るようにキスをしてくるノアに、テティスは降参をするという選択肢も忘れて受け入れる。

しかし、その時だった。

「テティス、愛してる……」

「～～っ」

キスの合間に囁かれた愛の言葉に、テティスは全身の力が抜けて膝がかくんと折れる。

ズルリと膝から崩れ落ちそうなところをノアが支えてくれたため、事なきを得たものの、テティスは彼の腕の中で、唇を半開きにした艶めかしい表情を見せた。

そんなテティスにノアは生唾を呑むと、自身の本能を理性で押さえつけて労るように彼女を抱き締めた。

「テティスすまない……無理をさせた」

「い、え……ハァッ……大丈夫、です。それに、気持ち良かった、です」

「……っ⁉」

蕩けるようなキスで脳内を犯されたテティスは正常な判断がつかないのか、後で思い出したら絶対に恥ずかしくなるような言葉を平気で口にする。

大好きで仕方がないテティスにそんなことを言われて、ノアが何も思わないはずはなく。

「……あー……もう無理かも。テティス、もう一回顔上げて」

「ふぇ……？」

「もっと気持ちいいキスしてあげるから」

「は、い……」

テティスはとろんとした瞳のまま、ノアの顔を見上げる。

必死に紳士の仮面を被りながらも、恍惚の表情を露わにしたノアが、テティスの唇に貪りつこうとした、その時だった。

「おーいノア、休みのとこ悪いんだけど、この資料さ——って、真っ昼間から何盛ってんだお前」

やや荒々しい話し方。燃え上がるような赤い髪が視界の端に移る。ノアからの愛情の熱で思考がぼんやりとしているテティスが直ぐに声を出せないでいると、先にその男の名を呼んだのはノアだった。

「リュダン、お前——人生でこんなにお前をうざいと思ったことはないかもな」

「……え？　リュダン、さま……？」

「うざいって言われてもな。急を要する仕事があるからわざわざ呼びに来てやったっつうのに、昼間っから発情期の犬みてぇに盛ってるお前が悪いんだろうがよ。テティスを見てみろよ、すっごい顔になってるぞ」

（すごい、かお……？）

リュダンは人を傷つけるような言葉は言わないので、おそらく不細工だとかそういう類の悪口ではないはず。しかし、だとしたら一体何なのだろう。

テティスは自身が今蕩けた瞳であることを知らずに、ノアを見つめて問いかけた。

「わたし、変な顔、してますか……？」

「うっ……！　潤んだ瞳が可愛すぎる……！　破壊力……‼」

「はかいりょく……？」

意味不明なことを口にしたノアだが、その表情は幸せそうなもので何よりだ。

そんなことを思っていると、直後に後頭部に手を回された腕に力を込められ、ノアの胸板に顔を押し付けられる形となったテティス。目をパチパチと瞬かせると、頭上でノアの顔がリュダンの方に向く気配がした。

「リュダン、お前こんなに色っぽいテティスを見たんだ——どうなるか分かってるよな？」

「お、おい、ちょっと待て……！　それは不可抗力——」

「問答無用だ。水魔法と火魔法、どちらで死にたいかくらいは選ばせてやるからそれくらい感謝しろ」

「うおっ、ちょ、本気で待てって——‼」

——と、ノアは口頭でこんなことを言っても、実際はリュダンを攻撃することはなく。

「後で執務室に顔は出すから今はどっか行け」と言ってリュダンを追い払うと、ノアは未だテティスの背中に回したままの腕を解いて、今度はその手を彼女の両肩にそっと乗せたのだった。

「テティス、すまない。急ぎの仕事だけ終わらせたら直ぐに戻って来るから、どこかで待っていてくれるかい？　このままここでルルにお茶を付き合ってもらっても良いから」

「お仕事ですから、仕方がありません……！　私は一旦書庫に行ってから自室に戻って読書をするつもりですから、お仕事頑張ってくださいね」

「ああ。分かった。……それじゃあ、一回お別れのキスね」

「……！」

ちゅ……と微かに聞こえたリップ音。先程までと違い、触れるか触れないかのキスが落とされ、これはこれで恥ずかしいとテティスは頬を赤く染める。

そんなテティスの姿にノアは満足げに微笑むと、「仕事したくないなぁ」と呟いてから、もう一度柔らかな唇へと口付けを落としたのだった。

「ノ、ノア様……！　きっと皆様がお待ちですから……！」

「……そうだね、残念だけど」

名残惜しそうにテティスの肩から手を離して、背中を向けたノア。

何かを思い出したのか、「あ、そういえば」と呟いて、くるりとこちらへ振り返った。

「お互い仕事が忙しいけど、そろそろ本格的に結婚式の準備をしないとね。規模や招待客は俺の方に合わせてもらうことになるけど、食事やドレスとか、その他細いことは一緒に考えよう」

「はい……！」

――結婚式を迎えれば、本当の夫婦になるのか。

ノアがヒルダのことを好いていると思っていた時は、敢えて結婚式のことは考えないようにしていたけれど、今は違う。

準備は大変だろうが、テティスはノアと結婚式をするのが楽しみで――。

（……ううん、そうじゃない）

結婚式が楽しみなんじゃない。もちろん大事なことだけれど、そのイベント一つを楽しみにしているわけではないのだ。

「ノア様」

「ん？　どうしたの、テティス」

テティスは一歩前進してノアと距離を詰めると、うんと背伸びをして、ノアの襟ぐりを引っ張る。

そして、唇の前に鼻がぶつかってしまう失敗をしながらも、テティスは途中でやめなかった。

「んっ……」

突然のことに色っぽい声が漏れたノア。僅か一秒程度の口付けでも、人生で初めて自分からしたとなると緊張感は物凄かった。

何より、直後にどんな顔をしたら良いのだろうかとか、ノアは嫌じゃなかっただろうか、なんて色々と考えてしまったわけだけれど。

「えっ……テティス？」

よもや、初めてキスをした日にテティスからしてもらえるだなんて思っていなかったのか、目を見開いているノアをじっと見つめたテティスは、意を決して口を開いた。

「早く、ノア様と夫婦になりたいです」

「……！」

「って、伝えたかっただけなんです……！　申し訳ありません……！　急に、その、キ、キ、キ、キス、なんて……っ」

それだけ伝えると、テティスは逃げるように駆け出した。

キスも、言葉も、自分の意思でしたことだから後悔はないものの、終わってからの方が恥ずかしかったから。けれど。

「テティス……！」

「きゃあっ」

直ぐに追ってきたのか、ノアに腕を引かれたテティスは再び彼の腕の中にぴたりと収まる。

痛いほどに強く抱き締められて困惑するテティスだったが、次の瞬間、頭上から聞こえたノアの声に頬が緩んだ。

「ほんと……テティスが可愛すぎる。俺のテティス……愛している」

「はい、私も……お慕いしております」

その瞬間、ノアからのぶわりと喜びの花が飛ぶ。テティスはそれを見て、ふふ……と幸せそうに微笑んだ。

番外編　ノアが欲しいもの。テティスがあげられるもの

「さて、どうしたものかしら……」

魔術省に勤め始め、多忙を極めていたテティスのとある休日のこと。

爽やかな朝を迎えたというのに、テティスは腕組みをして頭を悩ませていた。

「テティス様、どうかされましたか？　何かお悩みでしょうか？　私で良ければ、お話を聞くことくらいは出来ますが……」

「ルル……！　ありがとう……！　実はね、ノア様にプレゼントをしようと思うのだけれど、何が良いのか分からなくて」

テティスが悩みを吐露すると、「あー……」と言いながら、納得した素振りをするルル。そのまま彼女は口元に手をやって考え始めたので、テティスはさすがルル……と思いつつ、もう一度思案を始めた。

――そもそも、何故ノアにプレゼントをしようかと思ったかと言うと、端的に言えば日頃の感謝を伝えたかったからである。

もちろん、日々言葉ではありがとうを伝えているつもりだが、何か形があるものでも伝えたいと思うようになったのだ。

（けれど、大きな問題があるのよね）

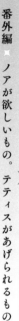

というのも、ノアは公爵家当主であり、国一番の魔術の使い手——筆頭魔術師でもある。正直お金は腐るほど持っているだろうし、欲しい物ならば自分で買い揃えられてしまうだろう。

（うーん……困ったわね……ノア様にプレゼント、ノア様にプレゼント、うーん……）

ノアに直接何が欲しいか、もしくは何かしてほしいことがあるか聞こうかと思ったこともあるが、それは敢えてしなかった。

ノアならば、「テティスが傍に居てくれるだけで十分」だったり、「そんなふうに考えてくれただけで嬉しい」だったりと、結局欲しいものは口にしないのではないかと考えたからだ。

「……本当に、どうしましょう……」

「そうですよね、悩まれてしまいますよね」

同意するようにしてルルが一緒に考えてくれる。

そんな彼女に感謝していると、その時だった。

「……だって、旦那様はテティス様からなら、何を貰ってもとても喜んでくださるでしょうから……」

「え？」

「あ、あら？　そういう悩みではなかったのですか？」

キョトンとした顔をしたルルの顔を見つつ、テティスはそういう考え方もあるか、と納得した表情を見せた。

ノアが欲しい物をあげたい、それを受け取った時の喜んだノアの顔が見たいと思っていたが、確かにルルが言う通り、ノアならば何を渡しても喜んでくれそうだ。

「ふふ……確かに、ノア様なら何を渡してもきっと喜んでくださるわよね」

「はい！　そのように思います。だからこそお悩みになるのは良く分かりますが、もう少し気軽に考えてみるのはいかがでしょう？」

「そうよね、ありがとうルル！　……あっ、そうだわ！」

気持ちがストンと軽くなったからなのか、テティスの脳内にとある考えが浮かぶ。

それを実行するには周りの協力が必要不可欠なので、素早く目を瞬かせているルルを手招きし、とあるお願いをすれば、彼女は快く引き受けてくれたのだった。


それから約一時間後、テティスはキッチンに来ていた。

今までも顔を出したことはあったけれど、今みたいにキッチン台を一つ借り、シェフに付いてもらうのは初めての経験である。

テティスが緊張の面持ちでいると、強面の中年男性——シェフのビスケが話しかけてきた。

「ルルから話は聞いております。今日は私が手取り足取りお教えしますから、旦那様が喜ばれるお菓子を作りましょう」

「お世話になります……！　よろしくお願いします……！　ビスケシェフ！」

——そう、テティスは考えた結果、手作りのお菓子を作り、ノアにプレゼントしようと思ったのだ。

何を渡してもノアは喜んでくれるだろうが、いくら何でもあまり要らないものはあげたくないし、要らないものが半永久的に残るのも悪い。

そのため、消耗品を渡そうと思い、せっかくだから心を込めて手作りをしようと考えたのである。

（それに、ノア様の好みなら大体把握できているし、ビスケシェフが付いていてくれるなら百人力だわ）

汚れても問題のない紫色のワンピースに着替え、白いエプロンを着けたテティスはグッと拳を作り、頑張らなければと意気込む。

そして、ビスケと何を作ろうかという話し合いになった。

「そもそも、テティス様って、料理の経験はあるんですか？」

「ええ。実家にいる頃に料理はしていたけれど、お菓子は作ったことがなくて……」

「なるほど。それでしたら、まずは簡単なものから挑戦するのが宜しいかと思います。クッキーやパウンドケーキ、あとはプリンなんかも比較的作りやすいかと」

クッキーはショートケーキの次に好物だし、パウンドケーキもプリンも大好きなテティスは、想像すると口内にじゅわりと涎が出てくるものの、ハッとして自身を諌めた。

（……って、自分で食べるわけじゃないんだから！　しっかりしなさいテティス‼）

甘い物への欲求を断つべく、「う、うん！」と咳払いをして邪念を消してから、テティスは改めてどれを作ろうかと考える。

（ノア様は確か、チョコレートがお好きよね……）

それならば、ビスケが提案してくれたお菓子にチョコレートを加えて、ノア好みにすれば良いのではないか。

そう考えたテティスはビスケに問いかけると、彼からは「いけますよ！」という明るい笑顔が返ってきたので、どうやら問題なさそうだ。

「それなら、早速作りましょう！　至らないところばかりだと思うけれど、ビスケシェフ、ビシビシと指導をお願いね！」

「かしこまりました、テティス様！」

◇◇◇

テティスがお菓子作りに奮闘する中、一方ノアと言えば。

「……？　……何だか甘い香りがするな」

少し仕事が行き詰まったので屋敷内を歩いていれば、鼻孔をくすぐる甘い香りを感じた。テティスが公爵邸に来てからというもの、以前よりもかなりの頻度でお菓子を作るようシェフには命じてあったため、おかしいとは思わなかったものの、まだ午前中であることには違和感を覚えた。

（いつもティータイムは午後からで、直ぐに冷えるものは昼食後から作り始めていたはず。時間がかかるものは前日から仕込んでいるはずだが……）

午前中に絶対お菓子を作らないなんてことはないだろうが、不思議に思ったノアは、屋敷内のことは把握しておきたいからと、甘い香りの源であるキッチンに足を進める。

突然自分が現れては気を使わせてしまうからと、覗くだけに留めておこうとした、その時だった。

「えっ……テティス……？」

シェフのビスケと共に何やら調理しているのは、愛しの婚約者――テティスだった。

作業の邪魔にならないよう後頭部で一つ縛りにした髪型はとても可愛らしく、真っ白のエプロンをつけた姿なんて悶絶してしまうくらいに可愛い。

そんなテティスをずっと見ていたい気持ちに駆られるものの、ノアの脳裏には疑問が浮かんだのだった。

「何故……テティスがキッチンで作業を？」

テティスが扱うキッチン台の上の食材を見る限り、おそらくこの甘い香りの正体はこれなのだろう。

卵に砂糖、バターや牛乳、チョコレートなど、お菓子作りに必要そうなものばかりが置いてあり、ノアはそう確信を持ったのだが。

「テティスは甘いものは好きだが、作る趣味はなかったはずなのに、どうしてだ……？」

昨日話した際にも、お菓子作りをするだなんて言っていなかったし、シェフが作るお菓子にも、ときおり有名店から取り寄せるお菓子にも、一切不満そうな顔はしていなかった。

どころか、まるで天国だと言わんばかりの幸せそうな笑みを浮かべていたというのに。

（現状に不満があってお菓子を作っているわけではないとすると……他の理由、か――。正直、これというものはないな）

それならば、いっそのこと聞いてみようか。テティスに対して疑問を残したままでは、そもそも仕事が手につかないかもしれない。

ノアはそう理由づけて、キッチンへ入ろうとしたのだけれど。

「テティス様、もう少しでパウンドケーキが焼き上がりますから、そろそろクッキーの生地を伸ばしましょうか」

「そうね！　あ、せっかくだから、チョコクッキーの生地の半分には、砕いたチョコレートを載せるのはどうかしら？　それと、いくつかは形を変えたり……！」

「良いですね！」

「ふふ、ノア様、喜んでくださると良いなぁ……」

（………‼）

柔らかく微笑みながら、優しい声色でそう呟いたテティス。その声はノアの耳にしっかりと届き、同時に疑問が解消されたノアの体温は、一気に上昇した。

（まさかテティスが、俺のためにお菓子を手作りしてくれているなんて……）

そう至った理由は分からないものの、大方の予想はつく。ノアは、無意識に頬を綻ばせた。

改めてテティスを見れば、先程よりも一層可愛く見える。男の醜い独占欲のせいかもしれないと、ノアはそう感じた。

「卵を割るのも俺のため、バターを混ぜるのも俺のため、オーブンからお菓子を取り出すのも……俺のため……テティスが、俺のために……」

もはやノアは天にも昇る心地だった。無意識にいくつも花を飛ばし、あまりの嬉しさに叫んでしまいそうな口を咄嗟に押さえる。

それから、ノアは自身を落ち着かせるため深呼吸をすると、テティスに一瞥くれた。

「……後でテティスがお菓子を持ってきてくれるだろうから、それまでに仕事は終わらせておかないとな」

仕事が忙しいせいで、後に訪れるだろうテティスとのティータイムを断るなんて考え方はノアの脳内には存在しない。

ノアは幸せそうにふわりふわりと花を飛ばしながら、執務室へと戻って行った。

◇◇◇

待ちに待ったティータイムの時間が訪れたのは、ノアがちょうど切りが良いところまで仕事を終わらせた時だった。

控えめな態度で入ってきたテティスが休憩しませんか？　と誘ってくれたので、ノアは待ってましたと言わんばかりの勢いで、テティスと手を繋ぐ。

それから二人で中庭のガゼボに向かえば、既にテーブルにはテティスが作ったと思われるお菓子が並べられていた。

「今日は、いつもよりチョコレートのお菓子が多いね。嬉しいな」

チョコレートのパウンドケーキ、チョコレートプリン、チョコレートクッキー。

クッキーは様々な形をしていて、見た目だけでも大変楽しめた。

二人は向い合せで腰を下ろし、テティスは嬉しそうに頬を緩めた。

「ほ、本当ですか……っ!?　……その、実はですね、僭越ながら、このお菓子は私が作らせていただきました。その、ノア様に日頃の感謝の気持ちをお伝えしたくて……！　あっ、ビスケシェフと一緒に作りましたし、味の方は確認していただいたので問題ありませんから、安心して召し上がってくださいね」

緊張しているのか、少しオドオドしながらも早口で喋るテティス。どこかノアの驚いた反応を待っているように見える。

だから、ノアはテティスがお菓子を作っていたのを見ていたことを、口にすることはなかった。

それに、お菓子を手作りした理由には大方予想はついていたものの、やはり本人の口から言われると、その喜びは計り知れなかったのだ。

そのため、余計な言葉なんて何も出なくて、ただ――。

「嬉しい……ありがとう、テティス。――好きだよ」

可愛いとか、嬉しいとか、そんな気持ちが全てごちゃ混ぜになって、愛おしいと心が叫ぶ。

躊躇うことなく言葉にすれば、テティスは恥ずかしそうに頬を色付かせて、嬉しそうに笑みをたたえていた。

好きだという言葉を伝えて、困惑ではなく笑顔が返ってくる事実に、ノアは幸せだなぁとポツリと呟いた。

「……それじゃあ早速、食べて良いかい？」

幸せの余韻に浸っていたいものの、せっかく作ってくれたのだ、早く味わってみたいと思ったノアがそう問いかけると、テティスはコクリと頷いた。

「はい！　もちろんです……！　取り分けいたしますね、どれにしますか？」

「それじゃあ、パウンドケーキにしようかな」

「かしこまりました！　ではこちらを……ってノア様……？　えっと……？」

口を開けたまま、待ちの姿勢でいるノアに、テティスは「えっ」と上擦った声を上げる。

ノアはそんなテティスを見て、「あーん」とわざとらしく言ってみせた。

「えっ？　えっ？　私が食べさせるのですか……!?」

「あーん……」

「うう、あーんしか言ってくれない……！」

ノアの対応により、テティスは諦める他ないと思ったのか、パウンドケーキを一口大に切ってフォークに刺すと、それをノアの口に運んでいく。

咀嚼すれば、しっとりとした生地の中にコクのあるチョコレートが練り込んであり、ノアは飲み込んだあと、幸せそうに笑みをこぼした。

「本当に美味しい……」

「そ、それは良うございました……！」

「作ってくれて本当にありがとう、テティス。もっと食べたいから、食べさせてくれる？　あーん……」

「……っ、わ、分かりました……！」

それからノアは、顔を真っ赤に染めるテティスの表情や上擦った声など、その言動を全部脳内に記憶しながら、テティスが食べさせてくれるお菓子たちを堪能していく。

「……ん、このプリンも美味しいね」

「本当ですか……っ！　良かったです……！」

パウンドケーキの次は、濃厚なチョコレートプリンもぺろりと平らげたノア。

その頃にはテティスもあーんをすることに慣れてきたのか、普段と大差のない反応が返ってくるようになった、のだけれど。

「テティス、次はクッキーを食べさせてくれるかい？」

「はい、分かりました……って、あっ」

パウンドケーキはフォークで、プリンはスプーンで食べさせることが出来るものの、基本的にクッキーは手掴みで食べるものだ。

テティスはようやくそのことに気付いたのか、再び頬を真っ赤に染めて、大きな黒目がキョロキョロと泳いでいる。

そんなテティスの姿に、ノアは楽しそうに微笑んで、蠱惑的《こわくてき》な声色で囁いた。

「テティス、早く」

「……っ」

急かすようにそういえば、テティスは観念したのか、小さな指でクッキーを一つ摘んだ。

そして、それをゆっくりとノアの口に運んだ、その時。

「……ひゃっ」

指先がノアの唇に触れてしまい、テティスは恥ずかしさから声を漏らす。

ノアはそんなテティスの声に自身の欲情が姿を見せようとするのを必死に抑えて、落ち着いた声色で囁いた。

「今の声、可愛いね」

「……っ、ノア様、次からはご自身で食べてくださると、嬉しいのですが……！」

「……テティスのお願いは何でも叶えてあげたいが、今回はなぁ……。そうだ、もう一回食べさせてくれたら、次は自分で食べるよ。それでどう？」

「……それでしたら……分かりました……！」

そうテティスは意気込むと、砕いたチョコレートが載ったクッキーを一つ摘み、先程のようにノアの唇に触れてしまわないよう最善の注意を払いながら手を伸ばす。

——もぐもぐもぐ。

今度は唇に触れることなく、ノアの口にクッキーを運ぶことが出来、聞こえる咀嚼音にテティスはホッと胸を撫で下ろした。しかし、その安堵は長くは続かなかった。

「テティス、まだ残っているよ」

「えっ……？」

テティスの指先に付着した、クッキーを摘んだ時に付いたと思われるチョコレート。

ノアは目敏くそのチョコレートの存在に気付くと、テティスの手首を掴んで自身の口元に引き寄せる。

そして、形の良い舌を覗かせてテティスの指先に付いたチョコレートを舐め取れば、ノアは恍惚とした顔でテティスを見つめた。

「もしかしたら、これが一番美味しいかも」

「はい……っ⁉」

「あはは。テティスは本当に、堪らなく可愛いな」

愛おしいという気持ちが溢れるように花を飛ばすノアに、テティスはしばらくの間チョコレートをまともに見ることが出来なかった。

本書に対するご意見、ご感想をお寄せください。

あて先

〒162-8540 東京都新宿区東五軒町3-28
双葉社　Mノベルスｆ編集部
「櫻田りん先生」係／「高岡れん先生」係
もしくは monster@futabasha.co.jp まで

Mf
ノベルス

姉《あね》のことが好《す》きな筆頭《ひっとう》魔術師《まじゅつし》様《さま》に身代《みが》わりで嫁《とつ》いだら、なぜか私《わたし》が溺愛《できあい》されました!?　～無能《むのう》令嬢《れいじょう》は国一番《くにいちばん》の結界《けっかい》魔術師《まじゅつし》に開花《かいか》する～

2024年3月11日　第1刷発行

著　者　櫻田《さくらだ》りん

発行者　島野浩二

発行所　株式会社双葉社
〒162-8540　東京都新宿区東五軒町3番28号
［電話］03-5261-4818（営業）　03-5261-4851（編集）
http://www.futabasha.co.jp/（双葉社の書籍・コミック・ムックが買えます）

印刷・製本所　三晃印刷株式会社

［電話］03-5261-4822（製作部）
ISBN 978-4-575-24725-1 C0093